# 내 차로 가는 세계 여행

## 세계 여행

**1** 유라시아를 품다

"모든 길은 어두워지면 무서워집니다.

그 길을 가는 것이 '여행'입니다."

# 몽골 사막

"허허벌판, 도로와 전봇대, 구름과 지평선, 하늘 외에는 아무것도 없습니다.
하지만 저 땅 속에 무궁무진하답니다. 우리한테는 없는 꿈같은 것들이."

#키르기스스탄 송쿨 호수

"길은 언제나 사람을 만나게 해 줍니다.

길은 언제나 인연을 맺게 해 줍니다.

언제나 사람을 만나고 인연을 맺으며

그런 여행을 다니고 싶습니다."

# 타지키스탄

"가슴 한 켠에 뭔가 꿈틀거리는 것을 느꼈습니다.
저도 가족과 함께 세계 여행을 꿈꾸는 사람입니다."

#폴란드

# 슬로바키아

# 내 차로 가는
# 세계 여행 1

유라시아를 품다

조용필 글 · 사진

미다스북스

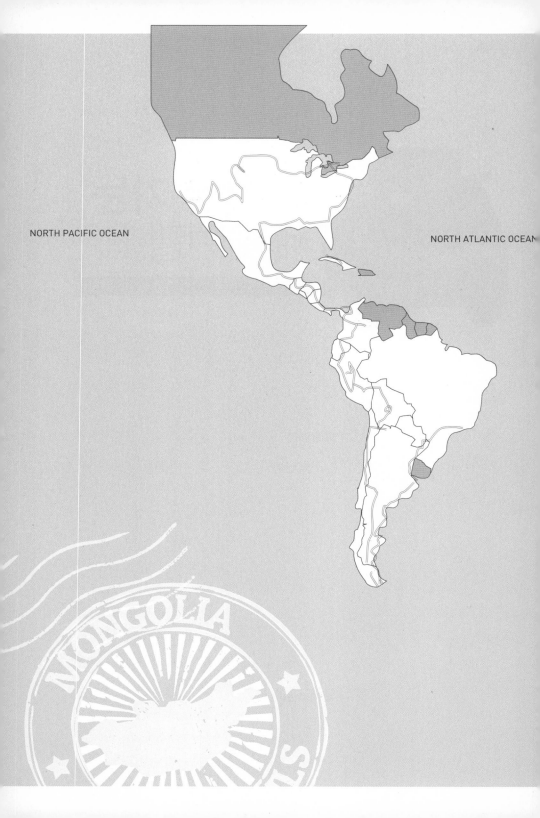

NORTH PACIFIC OCEAN

NORTH ATLANTIC OCEAN

AY · · SWEDEN

· RUSSIA

RK

ESTONIA
LATVIA
LITHUANIA

BELGIUM

POLAND

GERMANY
AUSTRIA SLOVAKIA
HUNGARY
NCE ROMANIA
BULGARIA
ITALY · GREECE

· KAZAKHSTAN

· MONGOLIA

UZBEKISTAN ·
TAJIKISTAN

· KYRGYZSTAN

MOROCCO

LET'S
GO!

INDIAN OCEAN

유라시아
여행 경로

**기간** : 2015년 04월 19일 ～ 2015년 10월 19일

**이동 경로** : 한국 ⋯ 러시아 ⋯ 몽골 ⋯ 카자흐스탄 ⋯ 키르기스스탄 ⋯ 타지키스탄 ⋯
러시아 ⋯ 발트해 3국 ⋯ 폴란드 ⋯ 슬로바키아 ⋯ 체코 ⋯ 독일 ⋯덴마크
⋯ 스웨덴 ⋯ 노르웨이 ⋯ 독일 ⋯ 오스트리아 ⋯ 헝가리 ⋯루마니아
불가리아 ⋯ 그리스 ⋯ 옛 유고슬라비아 연방 ⋯ 이탈리아 ⋯ 스페인 ⋯
프랑스 ⋯ 벨기에 ⋯ 영국 ⋯ 남 · 북미 (2권)

_____ 책을 내면서

중학교 3학년 때입니다. 대구 대명동에 살았습니다. 단칸 셋집에는 먹을 것도 제대로 없었고, 공부할 책상조차도 없었습니다. 수업을 마치고 돌아오면 공부를 핑계 대고 거의 매일 도서관에 가서 문을 닫을 때까지 시간을 보냈습니다. 힘들게 살았던 그 시절, 도서관은 내 은밀한 피난처였고  훌륭한 아지트였습니다.

숙제만 마치면 책을 읽었습니다. 이 책, 저 책, 잡지, 소설, 고전…. 마구잡이로 읽었습니다. 내용을 이해할 수 없거나 지겹도록 재미없는 책이 아니면 닥치는 대로 읽었습니다. 어느 날 눈이 번쩍 뜨이는 멋진 책이 입고되었습니다. 『김찬삼의 세계여행』. 낯선 외국 사진으로 장식된 겉장에서부터 매료되었습니다. 세계여행! 1958년, 내가 태어나기도 전부터 시작한 세계 여행이라니, 사회과부도 책에서 보던 그 나라들을 직접 누비고 다니며 세계 여행을 하다니!

교과서나 참고서, 고교 입시 따위는 안중에 없었습니다. 보고 또 보고. 읽고 또 읽고. 여덟 권 중 한 권은 언제나 내 손에 들고 있었습니다. 몇 권이 어느 나라 이야기인지, 몇 페이지쯤에 어떤 도시의 어떤 이야기가 실려 있는지, 어떤 사람을 만났고, 무슨 일이 펼쳐지는지. 사진만 보고도 몇 권, 어디쯤에 실린 사진인지 외울 정도였습니다.

수십 번이나 이 책을 빌려 읽었음에도 내 마음 속에는 어느새 이 책을 내 소유로 만들고 싶다는 욕망이 들끓기 시작했습니다. 어느 무더운 여름날, 입구의 관리 직원이 자리를 비웠습니다. 늘 해맑게 웃던 사서 누나도 보이지 않았습니다. 책을 훔쳤습니다. 뛰다시피 빠른 걸음으로 출구를 향해 걸었고, 복도를 벗어날 무렵 남녀 화장실 두 개의 문이 동시에 열리면서 관리 직원과 그녀가 나왔습니다. 두 사람의 시선이 내 품의 책에 꽂힌 것도 거의 동시였습니다.

나를 꾸짖듯이, 놀리듯이 자지러지게 울어대던 매미 소리를 들으며 창가에 꿇어 앉아 양팔을 들고 벌서면서 나는 울었습니다. 지금도 매미 소리를 들으면 그때의 부끄러움이 떠오릅니다.

그렇게 내 인생에 처음으로 탐욕을 느끼게 했던 『김찬삼의 세계여행』과의 인연은 부끄럽게 끝이 났지만, 그 대신 세계여행에 대한 열병앓이가 시작되었습니다. 1975년 여름의 일이었습니다.

한창 IMF로 힘들 무렵, 마흔을 넘긴 나이에 무작정 상경을 했습니다. 수

중에 단돈 50만 원을 들고. 렌터카 회사의 기사 모집 광고를 보고 찾아갔습니다. 관광 온 일본인을 태우고 서울 시내 관광을 다니는 일당제 렌터카 기사직이었습니다. 서울 지리를 잘 모른다고 나를 탐탁지 않게 여겼지만 연락처를 주고 나왔습니다. 며칠 후 연락이 왔습니다. 가이드를 태우고 공항으로 갔습니다. 일본인 관광객을 태워 남산으로, 경복궁으로, 명동의 식당으로, 강남의 마사지 업소로 다녔습니다. 어디가 어딘지, 어디서 기다려야 되는지도 몰라 헤매기 일쑤였습니다. 정신없이 하루가 갔습니다. 명동의 화려함, 강남의 번잡함은 촌뜨기 렌터카 운전수의 얼을 빼기에 충분했습니다.

오전 비행기로 귀국하는 일본 관광객들을 가이드 없이 혼자 호텔에서 공항으로 데려다 주게 되었습니다. 저희들끼리 불만이 터져 나왔습니다. 음식은 맛없고 비싸고, 가이드는 수수료에만 혈안이 되어 있고, 기념품 가게는 터무니없이 비싸기만 하고, 술집 아가씨들은 양주를 바닥에 몰래 흘리면서 매상 올릴 궁리만 하고 있고, 그러면서 노골적으로 팁을 요구하고. 뒷자리에서는 끊임없이 불만과 성토가 이어졌습니다.

언어는 통하지 않았지만 모두들 훤히 꿰뚫고 있었습니다. 공항에 도착하기 전 정중히 사과를 했습니다. 제법 유창한 일본어로 사과하자 다들 무척 당황하고 놀랐습니다. 그들 중 한 명이 내게 명함을 건네며 말했습니다. 곧 다른 친구들과 서울에 다시 올 예정인데 그때 안내를 부탁한다고 했습니다. 기꺼이 그렇게 하겠노라고 답하고 내 연락처를 주었습니다.

그가 또 한 명의 일행을 데리고 다시 서울에 온 건 꼭 한 달 만이었습니다. 며칠 동안 함께 동대문 시장을 다니며 벨트, 모자류를, 남대문 시장에서는 각종 액세서리 등의 샘플을 구입했습니다. 그 샘플로 카탈로그를 만들고, 그걸로 영업사원들이 일본 전역을 다니며 영업을 한다고 했습니다. 그렇게 주문을 받아 한국으로 발주를 하면 상품의 구매, 검품과 발송을 맡아달라고 했습니다.

눈 뜨면 시장으로 나갔습니다. 야간에는 동대문 시장으로 나가서 상품을 구매하고 자정이 지나서야 돌아왔습니다. 밤을 새며 일한 적도 몇 번이나 있습니다. 서울 온 지 3년 만에 시 외곽에 작은 아파트를 전세로 얻고 식구들을 불렀습니다. 출퇴근이 다소 멀고 혼잡했지만 그런 건 아무 문제가 아니었습니다. 날아갈 듯 기뻤습니다.

서울 생활 15년. 결코 짧지 않은 그 동안에 참 많은 일이 있었습니다.
초등학교 2학년이던 막내는 얼마 전 대학에 입학했습니다. 중학교에 새로 입학해 사투리 때문에 촌놈 놀림을 받던 둘째는 군복무까지 마치고 대학 졸업을 앞뒀습니다. 고등학생이던 첫째는 대학을 졸업하고 몇 년 전 독일로 유학가서 음악 대학원에 다니고 있습니다. 갓 불혹이었던 우리 부부도 50대가 되어버렸습니다.

늘 상승 가도만 달릴 것 같던 우리의 작은 사업도 어느 순간부터 적자를 기록하기 시작했습니다. 그런 상황에서 세무조사가 나왔습니다. 나름대로 투명하게 운영한다고 모든 수출 대금을 은행을 통해 이체 받았는데 도리어 그게 화근이 되었습니다. 5년 동안의 거래 내역이 전부 까발려지고, 결코

적지 않은 세액과 추징금을 징수당했습니다. 그토록 열심히 일하고도 세금 때문에 탈세자 취급을 받으며 몇 개월 동안 시달리고 나니 모든 의욕이 사라졌습니다.

곰곰이 생각을 거듭했습니다. 그 동안 여러 번 인생의 풍파를 맞았고 수많은 일이 있었지만, 여전히 가슴에 남아 꿈틀대는 것은 단 하나, 어린 시절의 세계 여행에 대한 열망이었습니다.

생각해 보니 잃을 게 하나도 없었습니다. 가진 게 없으니 떠날 때 발목 잡는 것도 없었습니다. 그래서 서울의 전세집을 빼고 지방으로 아지트를 옮기고 남은 돈으로 여행 자금을 마련했습니다. 주위에서는 다들 미쳤다고 말리는데 그럴수록, 떠나야 할 것 같았습니다.

여행 출발에 임박해서 블로그 활동을 시작했습니다. 블로그 이웃이 단 한 명도 없이 시작한 초라하던 블로그가 여행을 마치고 집으로 돌아올 무렵에는 어느새 블로그 이웃이 4천 명이 훌쩍 넘어섰고, 얼마 전에는 블로그 누적 방문객 수도 30만 명을 넘었습니다.

많은 분들의 염려와 열렬한 응원, 진심 어린 격려에 큰 힘을 얻었고 덕분에 무사히 여행을 다녀올 수 있었습니다. 그리고 이제는 그 분들의 성원과 진정성 넘치는 권유에 힘입어 이렇게 감히 책을 만들게 되었습니다. 이 책은 여행을 다니며 기록한 제 블로그의 글을 정리한 책입니다.

나는 그동안 가슴으로만 머리로만 그리던 꿈을, 내 인생의 후반기에 이룰 수 있었습니다. 무력감에 허덕일 때, 더 이상 나아갈 수 없을 때 나는 여행을 떠났습니다. 여행을 다녀 보니 알게 되었습니다. 여행을 가는 사람은 시간이 많은 사람도 아니고, 돈이 많은 사람도 아니고, 단지 '가고자 하는 사람'이 가는 것이라는 것을.

꿈꾸는 모든 분의 소중한 꿈들이 꼭 이루어지기를 바랍니다. 그리고 누군가의 '여행'이라는 꿈에 조금이라도 도움이 되기를 간절히 바라며, 이 책을 올립니다.

2016년 겨울의 시작에, 조용필

# PART 1
## 끝없는 대지를 달리다

# PART 2
## 역사의 흐름을 지나다

# PART 3
## 찬란한 문화 속으로 내닫다

# PART 1
# 끝없는 대지를
# 달리다

ROUTE 1. RUSSIA ⋯▸ MONGOLIA ⋯▸ KAZAKHSTAN ⋯▸ KYRGYZSTAN ⋯▸ TAJIKISTAN ⋯▸ RUSSIA

"여행은 언제나
돈의 문제가 아니고 용기의 문제다"

파울로 코엘료

# 프롤로그 ____ 시동을 걸다

2015년 4월 19일, 아침 6시에 집을 나섰습니다. 혼자 덩그러니 남게 된 둘째 아들 걱정이 앞서지만 떠나는 발길을 재촉합니다.

비가 내리는 새벽길을 달려 동해항으로 오는 동안 메세지와 전화가 운전이 어려울 만치 쉼 없이 이어졌습니다. 그 동안 못나게 살아온 건 아니구나 괜히 마음이 뿌듯합니다. 여비가 떨어지면 꼭 연락하라고 하신 분 수두룩합니다. 그 마음만으로도 넉넉해져 안심이 되었습니다.

빗속을 달려 약속한 10시에 겨우 강원도 동해항에 도착했습니다. 미리 수차례 연락을 주고 받은 페리사 담당자의 도움을 받아 일사천리로 통관업무를 진행합니다. 보세 구역으로 차를 옮겨 세관 검사를 받습니다. 이틀 동안 실은 물품을 혼자서 다 내려 X-RAY검사를 받고 다시 싣느라 오랜만에 땀에 흠뻑 젖어보았습니다. 선내 화물칸으로 차를 옮긴 다음 네 바퀴를 야무지게 결박합니다. 세관원의 안내를 받아 다시 보세 구역 밖으로 걸어 나왔습니다.

오후 2시. 퇴색한 유행가 가사처럼 뱃고동 길게 울리며 출항합니다. 항구에 비는 내리는데, 선창가에 서서 눈물 흘리는 이도, 손 흔드는 이도 없습니다. 아무도.

모든 사물은 제 자리에 있을 때가 가장 아름답다고 여기며 살았습니다. 모든 사람은 자기 위치에서 자기 일에 열심히 매진할 때 가장 빛난다고 알고 살았습니다. 모든 것에는 미리 정해진 운명이 있다고, 이 세상에 운명은 분명히 존재한다고 믿고 살아왔습니다. 내가 고생을 한 것도 운명이었고, 열심히 노력하여 그 고생을 벗어난 것도 운명이라고 생각합니다. 철없던 중학생이 세계 여행을 꿈꾼 것도 운명이고, 이 여행을 떠나는 것도 운명이라고 생각합니다.

바다의 날씨는 험하고 바람까지 드셉니다. 갑판에서의 별 구경은 어림도 없습니다. 떠난다고 연락도, 작별인사도 못한 곳이 많은데 아쉽게도 이 선박은 와이파이가 불통입니다. 거친 풍랑으로 흔들림이 심한 탓에 선내 욕실에서 이리 저리 뒹굴면서 힘들게 목욕을 마치니 쏟아지듯 잠이 몰려옵니다.

힘들겠지만 좋은 여행을 가겠습니다. 어렵겠지만 멋진 여행을 떠나겠습니다. 목숨 걸 만한 가치 있는 훌륭한 여행을 다녀오겠습니다. 믿고 싶습니다. 그리고 믿습니다. 이 여행을 무사히 마치고 집으로 돌아오는 것이 제 운명이라고.

그리고 명심하겠습니다. 이 여행의 최종목적지는 '집'이라는 사실을!

# 01 러시아 ── 환상적인, 꿈길 같은 드라이빙

RUSSIA

"자작나무와 얼음 바다 사이를 달립니다"

바이칼

## 시베리아의 유배지, 블라디보스토크에 내리다

9시경 육지가 보이기 시작했습니다. 시베리아입니다. 블라디보스토크 Vladivostok는 서울보다 한 시간이 빠릅니다. 시계를 맞추고 뱃전에 기대서서 항구를 구경합니다. 오후 2시가 되어서야 하선을 시작합니다.

드디어 내륙으로 출발합니다. 아무 걱정하지 않고 떠나겠습니다. 걱정이 많고 앞섰다면 당초 그만두었습니다. 가족도 생업도 다 내려 두고 떠났습니다. 이젠 즐길 차례입니다. 철저히 즐기도록 하겠습니다. 그러려고 떠나는 여행이니.

아마도 5천만 우리 국민 중에서 식구들과 함께 자동차로 세계 여행을 떠난 사람은 열 명이 안되리라 확신합니다. 그럼 확률로 5백만 분의 1, 비율로는 0.0000002%입니다. 로또도 매주 한 명 이상 당첨자가 나오니 로또보다 훨씬 어려운 확률입니다. 로또 맞은 기분으로 즐겁게 다니겠습니다.

## 제대로 된 드라이빙의 시작

4월의 시베리아에 봄의 화사함은 아직 요원합니다. 4월 말이지만 아직도 늦겨울의 탁한 암갈색에 덮여 있는 시베리아입니다. 하지만 이곳에서 내가 여태껏 해 본 운전 중에서 가장 기분 좋은 환상적인 드라이빙을 했습니다. 교통체증도 없습니다. 급경사도, 급커브도 없습니다. 며칠간 달린 시베리아 에서는 마을 구간을 벗어나면 단 한개의 신호등도 없었습니다. 도로 통행료 도 없으니 더욱 즐거웠습니다.

360° 파노라마로 펼쳐지는, 수평선인지 지평선인지 구분하기 어려운 초 원을 가로지르며 꿈길 같은 드라이빙을 며칠째 계속하여 하바로프스크에 닿았습니다. 그 하바로프스크에서 또 이틀을 달렸지만 다음 기착지인 치타 까지는 1,000km를 더 가야 한답니다. 우리나라의 170배나 되는 면적이라 는 사실이 조금씩 실감되기 시작했습니다.

기가 막힙니다.

우습게 들리겠지만, 오늘이 며칠인지,
셋이서 머리 맞대고 헤아려서야 겨우 알았습니다.
집 떠난 지 불과 일주일밖에 지나지 않았습니다.
하루하루는 아무것도 아닌 듯 쉽게 흘러갑니다.
지금껏 뭘 그렇게 바둥바둥 살았는지.

도저히 끝이 보이지 않는 땅,
시베리아를 달리니 그런 생각이 불쑥 들었습니다.

서쪽으로 가는 길

 극동에서 서쪽으로 갈수록 생활 수준도 점점 윤택해지는 것을 쉽게 느낄
수 있습니다. 주유소의 기름값이나 과일, 식품 같은 것들의 가격이 조금씩
내려가고 있습니다. 춥고 열악한 지방의 사람들이 더 비싼 물가에 시달리고
있습니다.

 이틀 동안 울란우데Ulan-Ude 시가지를 구경하고 재정비를 했습니다. 동
서고금을 막론하고 화려하고 거대한 건축물은 종교와 관계되어 있습니다.
그 다음이 정부 기관의 건물입니다. 우리나라도 청사의 크기가 기관의 능력
이라도 되는 양 혀를 내두를 만치 허세스러운 건물들이 늘어나고 있어 걱정
이었습니다. 솔직히 울란우데도 그런 느낌이 드는 도시였습니다.

 울란우데의 명물 레닌 광장에서 격세지감이란 말을 떠올렸습니다. 예전
에는 레닌의 이름을 말한 것만으로
도 감시받거나 잡혀가는 시절이 있
었습니다.

 도심의 낡은 주택을 박물관으로
쓰는 지혜가 부럽기 그지없습니다.
이런 것이 문화라고 생각합니다.
생전 처음 와본 러시아였지만 이런
면은 놀라웠습니다.

## 시베리아의 푸른 눈, 바이칼에 닿다

　굳이 찾아가지 않아도 모스크바로 향하는 모든 길은 바이칼 호수를 지나가게 되어 있습니다. 근방의 자동차 도로도, 시베리아 횡단 철도도 반드시 거쳐 지나야 할 만큼 넓은 호수입니다. 차를 가지고 여행을 시작한 우리는 호수를 한 바퀴 일주하고 싶었지만 안타깝게도 호수 북쪽에는 아직 길이 없습니다. 오지 탐험용으로 특화된 오프로드 전용 차량만이, 그것도 구난에 대비해 여러 대의 차량으로 구성된 팀만이 겨우 갈 수 있다고 합니다. 대신 여행자들이 흔히 가기 어려운 바이칼 호수의 동쪽 코스를 찾았습니다.

　바이칼은 호수가 아니고 바다처럼 보입니다. 우리나라 면적의 1/3이 넘는 이 호수는 4월 말인데도 얼음과 눈에 뒤덮여 있었습니다. 한겨울에는 영하 60도까지 기온이 내려간 적이 있다고, 3m 두께까지 얼음이 언다고, 그러면 얼음 위로 10톤 화물차까지 다닐 수 있는 길이 생긴다고 합니다. 그리고 그 길 위로 표지판까지 세워진다고 합니다.

"긴 터널을 빠져 나가자 설국이 펼쳐졌다"는
가와바타 야스나리의 『설국』 이야기처럼
터널 같은 자작나무 숲을 빠져나가자
마침내 눈 덮인 얼음 바다가 펼쳐졌습니다.

하루 종일 왼편에 호수를 끼고 P438번 도로를 타고 300km를 달려 바르구진Barguzin까지 갔습니다. 멋진 경치에 감탄사를 연발하면서 여기까지 온 우리 스스로가 대견스러웠는데, 9월의 자작나무 숲의 단풍을 보고 눈물 쏟지 않는 이가 없다는 숙소 주인장의 말을 들으니 또 새로운 아쉬움이 듭니다.

하루를 걸려 울란우데로 되돌아 왔습니다. 다시 찾은 게스트하우스의 현지인 매니저는 진정한 바이칼이 시작되는 바르구진에서 차를 되돌려 왔다며 자기 일인 양 한숨까지 내쉬며 안타까워합니다. 아쉽고 미련이 남았지만 언제나 여행은, 또 인생은 그런 것이라고 말해주었습니다. 우리말로…….

## 쏟아지는 폭설을 뚫고

바이칼의 남쪽은 얼음이 녹으며 봄이 시작되고 있었습니다. 그런데 해질 무렵 갑자기 눈이 쏟아지기 시작합니다. 황당합니다. 아직 100km나 남았는데. 대단합니다 러시아 운전자들. 승용차임에도 폭설이 내리는 한밤중의 산길을 시속 70km 이상의 속도로 거침없이 달립니다. 급커브에서도 주저없이 우리를 추월합니다. 밤 11시가 넘어서야 시내에 진입할 수 있었고, 예약해 둔 게스트하우스를 찾아 헤매느라 또 한 시간 이상을 허비하고, 자정이 훌쩍 지나서야 피곤한 몸을 누일 수 있었습니다. 주소 표기에 인색하고 간판 달기에 더욱 인색한 러시아 도시 건물들이 야속했습니다.

이렇게 폭설을 뚫고 도착한 도시는 시베리아의 파리, 이르쿠츠크입니다. 350년 전에 세워진 도시, 제정 러시아 시절 시베리아 총독부가 있었던 도시. 이르쿠츠크는 시베리아의 쓸쓸함이 그대로 스며있는 유서 깊은 유럽풍의 도시입니다. 시내 곳곳에 100년 이상 된 목재 주택들이 즐비합니다. 낡은 것을 이렇게 예쁘게 보존하는 것이야말로 진정한 문화라고 생각합니다. 이런 것으로 세계문화유산에 문화재로 등재되어 있고, 바로 이런 '오래된 것'을 보려고 세상 사람들이 자기 돈 써 가면서 찾아오고 있습니다.

여행
속 이야기

여행을 시작하면서 사진도 많이 찍고, 중간중간 글도 썼습니다. 그리고 노트북에 수시로 저장해 두었습니다. 여행을 준비하며 작년 6월에 새로 구입한 최신 사양입니다. 어라, 그런데 컴퓨터의 화면이 안 나옵니다. 마우스를 옮겨보면 어쩌다 초기화면이 순간적으로 잠깐 비춰지기도 하지만 결국은 그러다 깜깜무소식입니다. 써둔 글이야 그렇다치지만 지난 한 해 동안 이 여행을 위해 검색하고 모아둔 여행 경로, 갖가지 자료와 모든 정보들이 전부 그 안에 들어있습니다.

일단은 서비스 센터를 찾아 가야만 합니다. 이런 게 참 억울한 노릇입니다. 장단을 맞추는 건지 내비게이션도 작동불능 상태에 빠집니다. 두 가지 전자 제품이 동작을 멈추자 패닉 상태가 되었지만 겉으로 드러낼 수도 없습니다. 가족들까지 걱정에 젖어 들면 더욱 상태가 심각해집니다. 내비게이션 문제는 휴대폰으로 다운 받아둔 어플로 대체하여 해결하고, 노트북은 막내의 구형을 1부 리그로 승격시켜 사용하기로 합니다. 용량이 작고 속도가 느릴 뿐 사용하는 데 크게 지장은 없습니다.

울란우데의 숙소에서 만난 독일 아가씨가 18개월째 들고 다닌다는 노트북은 저가의 중국산 보급형 제품이라는 사실이 나를 우울하게 했습니다. 이런 안타까움도 다 여행의 일부라고 생각하고 스스로를 위로합니다.

가지 못하는 길에
아쉽고 미련이 남아도
언제나 여행은,
그리고 인생은 그런 것입니다.

그러나 언젠가는
그 길도 갈 수 있을 겁니다.

우리가 지금 시베리아를 달리고 있는 것처럼.

02 몽골 ——— 50차선 비포장 도로

MONGOLIA

"아스팔트와 콘크리트를 떠나 몽골의 초원으로"

50차선 비포장고속도로

# 02
# MONGOLIA

낮과 밤을 달려, '처음'으로 몽골에 가다

러시아 울란우데 남쪽의 카우타Kahuta에서 자동차를 타고는 육로로 처음 국경을 건넜습니다. 러시아를 벗어날 때 출국 심사 후 엄격한 짐 검사를 받았고, 몽골로 넘어오면서도 입국심사 후 또 통관 검사를 받았습니다. 하지만 한눈에 가족 여행자임을 알아본 세관원들에게 한국 여행자의 차량으로는 최초라는 인사를 받으며, 다른 입국자보다 훨씬 관대하고 신속하게 국경을 통과할 수 있었습니다.

가급적 밤 운전을 하지 않으려 했으나 국경에서 시간이 꽤 지체 되었기에 부득이 또 야간 운전을 합니다. 동남쪽, 고향 쪽에서 휘영청 보름달이 떠오릅니다. 초원의 공기가 깨끗하기 때문일까 한가위 보름달처럼 밝습니다. 우리 갈 길을 훤히 비추어줍니다. 우리 시골의 지방 도로 수준의 고속도로를 달려 다르한Darkhan을 지나 곧장 몽골의 수도 울란바토르Ulaanbaatar로 향합니다.

몽골 운전자 친구들은 맞은편에서 차가 와도 상향등을 낮추는 경우가 없습니다. 밤운전이 더욱 힘들어집니다.

## 무질서의 도시, 울란바토르

울란바토르는 몽골어로 '붉은 영웅'이라는 뜻입니다. 혁명 영웅을 기리기 위해 도시의 이름을 이렇게 지었습니다. 영웅들의 묘와 정부 청사가 줄지어 있다는데, 울란바토르의 첫 인상은 도무지 정감이 가지 않습니다. 너무 정신이 없습니다. 칭기즈 칸 광장과 의사당 주변으로 현대식 고층 건물이 우후죽순처럼 신축되고 있습니다만 마치 경쟁하듯 자동차마다 쏟아내는 매연과 경적 소리, 마구 내뱉는 가래침, 서슴없이 뿜어대는 담배 연기, 자욱한 먼지, 차선도 신호도 철저히 무시하며 마구 들이대는 차량 행렬. 한마디로 무질서의 한가운데 서 있는 기분입니다.

## 드넓은 초원과 순백의 호수를 찾아

다르한으로 다시 돌아갔습니다. 지난밤 보름달 아래 밤길을 사납게 달려오느라 놓친 몽골의 들판 풍경들을 유유자적 즐기면서 다시 거슬러 올라갔습니다. 몽골에서 가장 매력적인 것은 역시 드넓은 초원입니다.

길에서 벗어나도 그게 곧 또 다른 길이 되는 초원길을 서쪽으로 계속 나아가 내륙의 므릉Murun에 닿았습니다. 므릉에서 100여 km 북쪽에 있는, 몽골 최고의 국립공원이며 3백만 몽골 국민들이 가장 가고 싶어 한다는 홉스굴 호수로 향했습니다.

여름 피서철에는 그렇게 붐빈다고 하는데 을씨년스러울 정도로 인적이 드뭅니다. 상가는 폐점 상태이며 숙소도 모두 철수하고 없어 머무를 곳이 없습니다. 북쪽으로 계속 나아가면 시베리아의 바이칼 호수와 이어져 있다는 홉스굴 호수는 위도가 한참 낮은 지방임에도 고도가 높은 탓인지 아직 두터운 얼음과 눈에 뒤덮여 있습니다.

몽골인들은 홉스굴 호수를 '어머니의 바다'라고 부릅니다.
이 호수에서 나는 물고기와 각종 약용 식물들이
주변 사람들을 먹이고 살렸습니다.

소와 말과 함께 몽골을 달리다

　드디어 본격적으로 몽골다운 몽골을 달리기 시작합니다. 몽골에서는 '대통령 골프'처럼 '대통령 운전'이 가능합니다. 마주 오는 차도 거의 없고 뒤따라 오는 차도 없습니다. 뒤에서 오는 차가 드무니 우리 차를 추월하는 차도 있을 리 만무합니다. 몽골의 들판에서는 되려 차를 보면 반가울 지경입니다. 사람을 보기도 힘듭니다. 인구 300만 정도의 몽골에서는 시골에서 사람을 만나기가 쉬운 일이 아닙니다. 차라리 소나 말, 염소나 양 등을 보는 것이 몇 배, 몇백 배는 쉬웠습니다. 겨울 코트가 멋진 동물들이 겨울 들판에서 풀을 찾고 있는 것은 쉽게 볼 수 있습니다. 통계에 의하면 몽골에는 약 1억 2천만 마리 이상의 동물이 사육되고 있다고 합니다.

　몽골의 평균 해발 고도는 1,600m가 넘습니다. 특히 예정 경로인 노튼 로드가 있는 서북지방은 고원 지대입니다. 전 세계 수많은, 차를 타고 여행다니는 사람들이 타지키스탄의 카라코룸 산악지대와 몽골의 노튼 로드를 달리는 것을 소원으로 여기고 있습니다. 나 역시 그들 중 한 명으로 이제 그 길을 향해 달리고 있습니다.

마을에서 도로 사정을 알아보려고 경찰서를 찾았습니다. 문은 자물쇠로 잠겨져 있지만 창문으로 살펴보니 실내에 난롯불이 타고 있습니다. 우리 차를 보고 모여든 동네 사람들 중 아무도 경찰이 어디로 갔는지 모릅니다. 솔롱고에서 러시아를 거쳐 여기까지 왔다고 했습니다. '솔롱고'는 몽골에서 한국을 부르는 말입니다. 북쪽 도로를 지나 다시 러시아로 갈 예정이라고 하니 모두들 우리를 미친 놈 취급을 합니다. 마을에서 2주일 정도 쉬면서 머물면 길이 뚫릴 거라고 합니다. 2주일 기다리고 있을 시간적 여유가 없습니다. 남은 540km의 눈길을 헤치고 나갈 자신도 없습니다. 식구들과 의논하여 남쪽으로 진로를 바꾸기로 결정했습니다.

몽골의 도로포장률은 10% 미만입니다. 포장도로는 주로 수도 울란바토르 주변입니다. 우리 경로 중 빨간색이 포장도로입니다. 점으로 표시한 길이 북쪽의 노튼 로드입니다. 540여 km를 남겨두고 포기합니다.

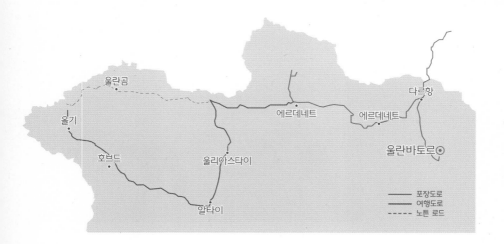

누구나 쉽게 갈 수 있는 길이 아니었습니다

　몽골에는 유명한 '50차선 비포장 고속도로'가 있습니다. 이런 도로에서는 속도제한이 없습니다. 풀 액셀해 보십시오. 속도 위반 카메라도, 경찰 순찰대도 없습니다. 톨게이트도 없으니 통행료도 무료입니다. 중앙 분리대나 차선도 없습니다.

　끝없는 설산, 호수에 비친 석양, 온갖 동물들을 보며 끊임없이 '멋지다, 환상적이다, 끝내준다.'를 연호하며 주행했습니다. 하지만 마음 한구석에는 두려움이 쉼없이 이어졌습니다. 전화도 안 터지고, 말도 안 통합니다. 몽골어를 한다고 해도 시야 안에는 사람이 없습니다. 이런 곳에서 차가 고장 난다면, 눈길에 사고라도 난다면, 비상 연료까지 바닥나 버린다면…. 두려워도 두렵다고 표현할 수 없고, 걱정되어도 함부로 내색을 할 수 없는 것이 아버지의 자리임을 또 한 번 확인했습니다.

모든 길은 어두워지면 무서워집니다.
그 길을 가는 것이 '여행'입니다.

　혹독한 겨울의 끝자락에 있는 몽골에도 봄이 다가오고 있음을, 나그네도 쉽게 느낄 수 있었습니다. 눈 덮인 산길이지만 해빙이 시작되고 있으며 눈 아래 바닥은 진흙탕입니다. 몇 번이나 미끄러지며 뒤틀렸고 제자리 맴을 돌아 등짝이 흥건하게 젖기도 했으며, 눈 앞에서 낙석이 떨어져 급제동을 하기도 했습니다. 그렇게 맘을 졸이며 어렵사리 기나긴 오르막 길을 올라 고개마루에 다다르면 기막히게도 또 다른 오르막이 우리를 기다리고 있었습니다.

　4월 중순에 여행을 시작하니 몽골에 오면 푸른 초원과 사막만 달리면 되는 줄 알았습니다. 이런 사실을 몰랐다는 것은 그만큼 준비를 소홀히 했다는 반증이기도 합니다. 그 대가를 치러야만 합니다. '생고생'으로.

## 몽골에 없는 것, 그래서 얻을 수 있는 경험

　며칠간 자갈길, 모랫길, 눈길, 진흙길, 얼음길, 초원길, 개울길…. 종합 도로 세트를 달려보았습니다. 아스팔트 포장길 외에는 대부분의 도로를 다 달려 보았습니다. 트레드가 쌩쌩한 새 타이어가 한 순간에 너덜너덜하게 되는 곳이 몽골입니다. 햇볕이 쨍쨍하더니 순식간에 먹구름에 뒤덮이고 뇌우가 몰려오는 곳도 몽골입니다. 소름이 돋는 황사 태풍, 공포스러운 모래 태풍도 경험할 수 있는 몽골입니다. 흔히 볼 수 없는 이 스펙터클한 자연현상을 불과 며칠 만에 실컷 경험해 보았습니다.

황사 태풍에 비, 뇌우, 험로.
이날 겪은 몽골을 한마디로 표현하면

'두려움'

　그런 길을 고생스레 왜 가느냐고 반문하는 분은, 평생 동안 이런 길을 달리는 즐거움을 경험해 볼 수 없겠지요. 어떤 이에게는 고생인데 다른 어떤 이에게는 즐거움이 되는 경우도 많습니다. 여행에도 이런 양면성이 있습니다. 힘들지만 누구나 쉽게 할 수 있는 여행이 아니라는 사실에서 많은 위안을 받고 기쁜 마음으로 몽골을 달리고 있습니다.

　몽골에는 없는 것이 많습니다. 도시를 벗어나면 인터넷도 없고, 쾌적한 화장실도 없고, 삼각김밥이나 물휴지, 컵라면을 파는 편의점도 없습니다. 호텔의 세면장에 거울이 없는 것이 전혀 이상하지 않습니다. 옷걸이나 수건걸이조차 없는 곳도 많았고, 방문에 잠금장치가 제대로 갖춰진 곳도 드문 실정입니다. 샤워기가 온전히 작동되는 곳도 별로 없고, 변기 커버나 화장지는 없는 곳이 더 많습니다. 청결과도 거리가 멀고, 깨끗한 침구나 편안한 잠자리도 머나먼 세상의 이야기입니다.

하지만, 콘크리트 문화가 식상하고, 잠시도 쉴 틈 없이 업무에 시달리고, 성냥갑 같은 고층 아파트에 질리고, 쉼 없이 울려대는 휴대폰이 징그럽고, 출퇴근 러시아워의 혼잡함을 벗어나 보고 싶을 때, 내 동공과 시선과 기억 속에 끝없는 지평선을 담아보고 싶을 때 한 번쯤 모든 것을 내려 두고 몽골의 초원으로 와보시기 바랍니다.

## 다시 러시아를 거쳐 카자흐스탄으로

2주일 동안 약 4,000km의 거리를 달려 몽골을 벗어나는 출국장에서 통관을 담당하는 세관원이 "11년간 이 자리에서 근무했는데 한국 번호판을 달고 여행하는 자동차는 처음 보네."라고 합니다. 뭐든지 처음, 최초라는 말을 듣는 건 참 기분 좋은 일입니다.

두 번째로 러시아에 입국했습니다. 블라디보스토크에서 출발하여 몽골을 거치며 8,000km나 왔지만 아직도 시베리아입니다. M52번 도로를 타고 비스크Biysk, 바르나울Barnaul을 거쳐 시베리아의 수도라고도 불리는, 러시아 제3의 도시 노보시비르스크Novosibirsk까지 올라갔습니다. 노보시비르스크에서, 몽골을 거쳐오며 혹독하게 시달린 자동차를 정비하고 휴식을 취한 후 왔던 길을 되돌아 다시 남쪽 바르나울로 내려왔습니다. 시베리아로 들어온 지 일주일 만에 룹촙스크 쪽의 국경을 통해 카자흐스탄에 입국했습니다.

03 카자흐스탄 ——— 넓고, 많고, 밝고

"세계에서 아홉 번째로 큰 나라"

KAZAKHSTAN

카자흐스탄 동부 들판

# 03
# KAJAKHSTAN

풍요로운 중앙아시아의 거인

카자흐스탄은 북쪽 국경에서 경제 수도 알마티까지 약 1,200km거리를 남쪽으로 사흘 동안 달려야 할 만큼 넓은 나라입니다. 국토 면적이 세계에서 아홉 번째입니다. 우리나라는 어느 정도 크기일까요? 우리나라는 109위의 불과한 조그마한 나라입니다. 국토는 넓고, 자원도 많고, 사람들도 밝고, 풍광도 빼어나고…. 여행자는 모든 게 부럽습니다.

들판의 말들은 몽골의 말들보다 훨씬 윤기가 흐릅니다. 인간이 인위적으로 그어놓은 '국경선'을 넘었을 뿐인데 사람의 모습이 다르고, 풍습이 다르고, 산천이 달라지는 이 불가사의한 현상을 어떻게 설명해야 할지 역시 어렵습니다.

관광모드로 급선회합니다. 도시 구경보다는 자연이 훨씬 좋아 도시를 벗어납니다. 남쪽의 알마아라산Alma Arasan 산에 오릅니다. 정상 근처까지 올라가자 산정에 그림처럼 아름다운 호수가 있습니다. 갈수기라 많이 가물어 있지만 아름다움에는 전혀 손상이 없습니다. 길이 끝나는 곳까지 올라가면 또 다른 풍경이 펼쳐질까 기대하며 계속 올라갔습니다. 정상 부근에서 군인들에게 제지당합니다. 이곳에서부터 키르기스스탄과의 국경지역이며, 민간인 출입이 금지된 지역이라고 합니다.

### 도로 위의 소, 비포장도로, 그보다 불편한 경찰들

여행자는 이 넓은 땅, 풍요로운 자원, 빼어난 풍광이 모두 부럽습니다. 그러나 입국하자마자 시작하여 며칠 동안 스무 번 넘게 검문을 받았습니다. 경찰이나 흰색 승용차만 보면 노이로제 걸릴 지경입니다.

이 나라에서 가장 힘든 건 비포장도로도 아니고, 구멍 난 도로도 아닙니다. 도로에 뛰어드는 소도 아닙니다. 곳곳의 으슥한 곳에 대기하고 있는 경찰관입니다. 무조건, 거의 무조건 세웁니다. 전조등을 안 켰다고, 선팅을 했다고, 비자가 없다고, 거주지 등록증을 내놓으라고, 세차를 안 했다고. 온갖 꼬투리를 잡다가 결국은 '텡게'. '텡게(편집자주 카자흐스탄 화폐 단위)'를 달라고 합니다. 심지어 내 선글라스를 가지고 도망가려고 한 경찰도 있었고, 내 운동화가 좋아 보이니 바꾸자고 한 한심한 경찰도 있었습니다.

도로 통행료가 없으니 그 돈 낸 셈치다가 나중에는 경찰과의 그 실랑이를 즐기게 되었습니다. 밝게 웃으며 너네 말 모른다고 짧은 영어로 즐겼습니다만, 우리도 이삼십 년 전에는 이런 과정을 거치며 지금처럼 투명해졌다고 이해하며 스스로 위안했습니다.

GO!

"허허벌판, 도로와 전봇대, 구름과 지평선,
하늘 외에는 아무것도 없습니다.
하지만 저 땅 속에 무궁무진하답니다.
우리한테는 없는 꿈같은 것들이."

## 지겨운 도로에서 만난 말들의 인정

국경도시 카라즈에서 하룻밤을 머문 뒤, 그냥 러시아를 향해 줄기차게 달렸습니다. 과연 카자흐스탄은 넓은 나라입니다. 그렇지만 그냥 지나치는 여행자의 입장에서 보면 참으로 심심한 나라입니다. 섭씨 37도를 넘는 무더운 날씨입니다. 사방을 둘러보아도 아무것도 경작하지 않는 너른 벌판뿐입니다. 그 벌판을 칼로 자르듯 도로가 일직선으로 깔려있고 그저 그 도로를 달릴 뿐입니다.

놀라운 것은 어떤 그늘이라도 있으면 반드시 말들이 더위를 피해 모여 있다는 것입니다. 차가 다가가도 비키지 않습니다. 알아서 지나가라는 투입니다. 그런 들판을 달리다가 땡볕에 서 있는 한 무리의 말들을 보았습니다. 저 말들은 뭘 하나 속도를 늦추어 살펴보았더니 무리 한가운데 망아지 한 마리가 누워 있습니다. 어른 말들이 몸으로 그늘을 만들어 뜨거운 햇볕을 가려주고 있었습니다. 불쑥 말만도 못한 양반들이 자꾸 늘어나는 요즘 세상이 안타깝다는 생각이 들었습니다.

## 카자흐스탄에서는 반드시 거주지 등록을

　카자흐스탄에서 5일 이상 머물 경우에는 반드시 거주지 등록을 해야 합니다. 이걸 안 했다가 출국할 때 하루 10만 원이 넘는 벌금을 물었다는 사례를 많이 봤습니다. 거주지 등록하러 이민국을 어렵게 어렵게 찾아갔습니다. 여권이랑 여권 사본, 신청서를 제출하자 즉석에서 발급한다는 정보와는 달리 이틀 후에 찾으러 오랍니다.

# 04 키르기스스탄 ——— 신이 선물한 천혜의 자연

KYRGYZSTAN

"자연 그대로 가장 아름다운 곳"

송쿨 호수

# 04
# KYRGYZSTAN

자연으로 들어가는 관문

카자흐스탄을 출발하여 약 220km를 달려 국경 도시 코데이Korday에서 20여 km를 더 달리면 이날의 목적지인 수도 비슈케크Bishkek입니다. 비교적 예정 거리가 짧고 국경만 통과하면 되기에 느긋한 마음으로 눈치껏 경찰차를 피해가며 국경을 향해 갑니다.

국경에 도착하여 나는 차량 행렬에 대기하고 아내와 막내는 도보로 출국 심사대로 들어갔습니다. 생이별의 사연은 이렇게 쉽게 시작되었습니다. 드디어 내 차례가 되었고, 서류를 보던 세관원은 내게 자동차 운행 허가 서류를 달라고 합니다. 입국 때와 말이 다릅니다. 분명히 입국할 때는 서류 발급 없이도 차량 운행이 가능하다고 했는데, 이제 와서 발급도 안된 서류를 달라니. 말도 안 통하는 상황에 당황스럽기 그지 없습니다.

식구들은 이미 도보로 키르기스스탄으로 넘어가 버렸습니다. 일단 출국 심사대를 통과하면 되돌아 나올 수 없는 것은 주지의 사실입니다. 사정사정해서 결국은 방법을 찾았습니다. 국경에서 20km 떨어진 곳에 있는 코데이 세관 본부로 가서 서류 문제를 해결하고 그쪽 국경을 통과하라고 했습니다.

연락도 없이 시간이 많이 경과되었으니 두 사람이 얼마나 불안해 하고 있을지 뻔합니다. 200km라도 서슴없이 가야 할 판입니다.

한달음에 차를 돌려 달려갔습니다. 훨씬 큰 규모의 세관이었으나 비교적 한적했습니다. 손짓, 발짓, 몸짓에 욕도 섞어 호소도 하고, 뇌물도 쓴 끝에 결국은 통과했습니다. 거의 일곱 시간의 생이별 끝에 겨우 상봉을 했습니다. 참으로 요란하고 지긋지긋한, 무서운 관문을 통과해 키르기스스탄의 수도 비슈케크로 갑니다.

## 내륙의 바다, 이식쿨

비슈케크에 왔으니 당연히 이식쿨 호수로 갑니다. 러시아의 바이칼 호수는 남성적인데 비해, 이곳 이식쿨 호수는 여성적이라는 생각이 들었습니다. 수심이 얕은 곳은 모래빛이지만 먼 곳의 호수는 코발트빛이 영롱합니다. 호수의 길이는 182km, 폭은 60km랍니다. 최고 깊이는 668m, 평균 깊이 300m이며, 호수 면적이 제주도 네 배 정도인 6,236㎢에 달합니다.

남미 볼리비아의 티티카카 호수에 이어 세계에서 두 번째로 큰 산악 호수라는데 사실 그런 건 잘 모르겠고 '크다'는 것만 느껴집니다. 언뜻 잘못 보면 분명 바다라고 착각할 만합니다. 캘리포니아 해안 같습니다. 호수 둘레를 따라 이틀 동안 쉬엄쉬엄 한 바퀴 돌아오니 계기판에 440km가 찍혔습니다. 딱 서울에서 부산까지 가는 거리입니다.

## 신이 흘린 보석, 송쿨 호수

송쿨Sonkul로 가는 길은 전형적인 오프로드 산악 도로입니다. 산악 지형인 키르기스스탄에서 10° 이하의 오르막 경사로는 보통 수준입니다. 해발 3,000m를 넘어 수목한계선을 지나자 주변엔 나무 한 그루 없습니다만 소떼, 양떼, 말떼가 떼를 지어 눈 녹은 물을 밟으며 올라가고 있습니다. 한쪽은 겨우내 켜켜이 쌓인 눈, 한쪽은 까마득한 낭떠러지입니다. 그저 그런 경사진 산길이라 생각할 수 있지만 실제 이곳을 다니는 사람은 오금이 저립니다. 힘겹게 운전하여 해발 3,800m 고개를 넘자 거짓말처럼 초원이 펼쳐집니다. 올라오느라 고생했다며 선물을 주듯이 보석 호수, 송쿨이 멀리 자태를 드러냅니다.

눈앞에 있는 듯 하지만 실제론 20km 길을 내려가야 호숫가에 닿습니다. 시야에 인공 건축물은 하나도 없습니다. 하얀 게르가 몇 채 있을 뿐입니다. 자연을 망치는 건 언제나 사람입니다. 아무리 아름다운 풍광도 사람이 등장하면 별로입니다. 자연 그대로일 때가 가장 아름답습니다. 여기가 바로 그런 곳입니다.

황홀할 만치 아름다운 풍경이라고 님과 함께 뒹굴지는 마세요.
소와 말, 양과 염소가 많다고 했습니다.
그게 무슨 상관이냐고요?

그럼 뒹굴어보세요.

별 다섯 개, 오성 게르 호텔에 머물다

내가 좋아하는 어느 소설가가 히말라야 트래킹을 갔을 때, 제 몸보다 더 큰 짐을 메고 산을 오르는 나귀를 보고 어머니 생각이 나서 그렇게 울었다고 했습니다. 그 나귀를 여기서 만났습니다. 나귀 등에 탄 아이들로부터 자기네 게르에서 머물기를 권유받고 그들의 요구보다 조금 더 주고 머물렀습니다.

우리가 머무른 오성 게르 호텔은 천연 무공해 친환경 연료를 사용하여 난방을 합니다. 소의 배설물을 말린 것입니다. 냄새? 그런 거 없습니다. 다만 이 연료를 사용하기 위해선 자다가 코끝이 시리면 일어나 연료를 수동 공급해야 합니다. 새벽 무렵 연탄을 갈던 추억이 떠올랐습니다. 그땐 참 서글펐는데 여기서는 모든 게 재미있었습니다. 여섯 겹의 요를 깔고 세 겹의 이불을 덮습니다. 덮으니 무겁고, 걷어내자니 춥고. 그러나 차에 있는 거위털 침낭과는 비교가 안되는 보온성이었습니다.

공교롭게도 보름달이 떠올라 기대하던 송쿨 고원에서의 별보기는 망쳤지만 별똥별을 네 줄기나 보았습니다. 이런 호숫가에서 하룻밤 보내고 있다는 사실도, 다시 찾아와 며칠 머무르며 힐링하고 싶은 곳을 찾았다는 것도 여행의 참재미의 하나입니다. 하룻밤 멋진 체험을 했습니다.

◀ 우리 게르에서 머물래요?

…서 겹을 깔아도 추워요." ▶

◀ "저희는 게르 호텔의 상속자들이랍니다.

그냥 호수만 보아도 좋은데 이토록 맑은 물이라니.
진짜로 눈이 녹은 물입니다. 노래가 절로 나옵니다.
"저 푸른 초원 위에 그림 같은 집을 짓고…"

그런데 물은 매일 어떻게 길러오고,
발전기는 어떻게 돌리고,
불 피울 소똥은 누가 모으나요.

간단히 포기합니다. '송쿨에서 집 짓고 살기'.

## 신의 손으로 빚은 카저맨 산

많은 아쉬움과 미련을 남기고 송쿨을 떠났습니다. 호수를 둘러싸고 동남쪽으로 감아 카저맨Kazarman 산으로 향합니다. 몽골 산악 지대만큼이나 다니는 차가 없는 한적한, 그리고 위험한 산악 도로입니다. 여행의 3대 요소라는 체력, 시간, 자금이 허락한다면 꼭 바이크를 타고 다시 달려보고 싶은 그런 길입니다. 나는 이런 길 다니는 게 참 즐겁습니다. 산과 강, 호수와 계곡, 사막과 초원, 고원과 평원. 몽골과 카자흐스탄에 있는 자연은 키르키스스탄에 다 갖춰져 있었습니다. 조물주가 이 세상을 만들 때 무척 힘들고 지겨워 장난 삼아 주물러 놓은 듯 별 희한한 모양의 산들이 수백 km 줄지어 있습니다.

GPS가 고도 4,000m, 외기 4도를 가리킵니다. 기압차에 따른 연료흡기상의 문제인지 조금씩 차의 출력이 떨어지는 것을 느낍니다. 4,200m 지점을 넘어서자 근사한 눈 터널이 좌우로 도열해 있습니다. 카자흐스탄에서는 5월의 눈을 보고 감탄했었는데 여기서는 6월의 눈을 보게 됩니다. 힘들지만 즐겁게 올라왔으니 이젠 내려가야 합니다. 비포장도로에선 내리막 운전이 더욱 어렵습니다. 어려워도 신나게 내려갑니다.

이런 꼬불꼬불한 길에 심장이 두근두근하시는 분들은
지금부터 여행을 준비해 보시기 바랍니다.
BGM은 조용필의 'Bounce Bounce'로 .

　몇 개의 산을 더 넘어, 잘랄라바드Jalal Abad를 15km 남겨두고 타이어가 터졌습니다. 예비 타이어로 교체하고 출발하자마자 공교롭게 에어 서스펜션도 말썽이라 차가 주저앉았습니다. 인생은 새옹지마입니다. 4,000m 넘는 산속에서 타이어가 터졌거나 서스펜션에 탈이 생겼다면? 해결방안이 없었을 겁니다. 얼마나 다행인지 가슴을 쓸어 내리며, 고마운 차를 몇 번이나 토닥토닥거리며 저속으로 갓길 운행하여 잘랄아바드에 왔습니다.

처음에는 700km 떨어진 비슈케크로 싣고 가야만 수리할 수 있다고 했지만 어떻게 어떻게 밤을 새워 수리해서 떠날 수 있었습니다. 일반 여행자들이 잘 다니지 않는, 험하다는 M41번 도로를 타고 타지키스탄 국립공원으로 갑니다. 앞에 이미 모습을 드러낸 파미르Pamir 고원으로 갑니다. 순백의 파미르 고원을 마주하고 달립니다.

## 키르기스스탄의 또 다른 관문, 경찰

이식쿨 호수 서편의 호숫가 호텔에서 일부러 하루를 더 머물렀다가 이튿날 새벽길을 달려 이른 아침에 비슈케크로 돌아왔습니다. 길거리 경찰을 피해. 타지키스탄 비자와 파미르 고원의 카라코룸 통행 허가를 받기를 기다리는 동안에도 숙소로 돌아와 종일 쉬었습니다. 나가면 또 경찰에 시달릴까봐. 그런데도 비자를 찾으러 조심 조심 대사관으로 가는 길에 당했습니다. 교차로에서 직진을 빨리 안 해 통행에 방해가 되었답니다. 이것도 죽을 죄와 맞먹는 중죄인 양 US 500달러를 내랍니다. US 5달러와 가지고 있던 머리핀 하나로 내가 지은 죽을 죄를 퉁쳤습니다. 새삼 우리나라 경찰관들이 고맙다는 걸 깨달았습니다.

일단 무조건 세웁니다. 반대편에서도 차 돌려와서 세우고 그냥 지나치면 따라와서도 세웁니다. 여권을 요구합니다. 면허증도 요구합니다. 자동차 서류도 요구합니다. 그리고는 뺏아 들고 순찰차로 가버립니다. 자기들 차 안에서 협상을 시작합니다.

마치 경찰서 교육장에서 '외국인 여행자의 금전 탈취를 위한 기본 합동 교육'을 수료한 양 천편일률적으로 카자흐스탄과 키르기스스탄 두 나라의 경찰들의 행동은 패턴이 똑같습니다. 절대 영어로 말하지 않습니다. 알아듣지 못하는 자기네 말로 협박조로 시작합니다. 너는 죽을 죄를 졌다. 경찰서 가서 며칠간 조사를 받든지 몸으로 때우든지, 500달러 내야 한다. 나는 무척 마음이 좋은 사람이다. 나한테 걸렸으니 정말 럭키하다. 200달러만 내고 가라. 100달러로 깎아줄

게. 50달러. 이것도 안되면 경찰서로 가자. 30달러. 나를 화나게 하지 마라. 뭐라고 5달러? 10달러로 해결하자. 이런 실랑이를 하루에 한 번, 두 번, 세 번, 네 번. 셀 수 조차 없이 겪어야 합니다. 나중에는 아침 몇 시에 일어나 출발해야 경찰을 피할 수 있을까 고심합니다.

월급을 얼마 받는지는 모르지만 일단 500달러로 흥정을 시작하는, 강도 같은 경찰관만 제외하면 모든 것이 훌륭할 만큼 아름다운 이 나라를 추천합니다. 일주일 쯤의 여유에 어디로 갈지 고민이라면 비행기로 대여섯 시간이면 닿을 수 있는 이곳을 추천하겠습니다.

인터넷도 휴대폰도 덮어두고, 들판과 산과 호수, 바람과 구름과 별을 즐겨 보시길. 아마도 더 많은 것을 얻고 충전할 수 있을 것입니다. 그 일주일간의 여행이 사랑하는 사람과 함께라면 기쁨과 행복이 더욱 더 환상적이 되리라 믿어 의심치 않습니다.

# 05 타지키스탄 —— 하늘로가는 입구

텐진 산맥

"이곳에서 하이웨이란 고속도로가 아닙니다. 높은 곳에 있는 길입니다."

TAJIKSTAN

# 05
# TAJIKSTAN

## 국토의 93%가 산지인 나라

비행기타고 기내식 먹으며 공짜 위스키 두어 잔 마시고 한숨 잔 사이에 온 게 아니라, 두어 달 동안 갖은 고생을 하며 15,000km를 달려서 타지키스탄으로 들어왔습니다. 명색이 한 나라의 대문인데, 국경 지역은 아직 비포장이었습니다. 국경을 지나서도 수도까지 800km가 거의 비포장도로였습니다. 우리가 지나쳐온 국경 검문소와 세관에는 전기도 들어오지 않습니다. 발전기를 돌려 전기를 공급하고 있습니다.

정식 명칭은 타지키스탄 공화국Republic of Tadzhikistan입니다. '타지크 족族의 나라'라는 뜻입니다. 지도를 펼쳐 놓고 국경선을 보면, 뭐랄까 참 답답해집니다. 세계에서 가장 복잡한 국경선입니다. 중앙아시아에서 가장 가난한 나라, 해군이 없는 나라, 가장 험준한 나라, 아름다운 여인들이 많은 나라…. 이것저것 별명은 많습니다.

평균 해발 4,000m 이상의, 파미르 고원이 있는 이 나라는 국토의 93%가 산지입니다. 지리적으로 고지이고 오지인 탓에 중앙아시아에서 상대적으로 낙후되어 있는 듯합니다. 나무도, 풀도 자라지 못하는 이런 척박한 환경에서도 사람만이 그토록 오랜 세월 동안 살아오고 있습니다.

아직 갈 길이 먼데 어둠이 밀려옵니다. 노면이 아주 거친 비포장도로에, 바깥 기온은 영상 2도, 눈보라가 휘몰아쳐 시계는 극히 나쁘고, 고산병에 시달리며 힘들게 운전하는데 기름까지 떨어졌습니다. 예비 연료로 비상급유를 하는 도중 다리가 휘청거리더니 급기야 온 몸이 부들부들 떨리는 기묘한 증세를 경험했습니다. 사람도 차도 한계입니다. 해발 4,000미터 지역의 게스트 하우스에 머물렀지만 거의 잠도 제대로 못 자고 두통과 어지럼증, 안구통증과 메스꺼움에 밤새 시달렸습니다. 하늘에 밀가루를 쏟아 부은 듯, 연기가 피어오르듯 현란한 은하수와 쏟아지는 별빛을 바라보는 것조차 쉽지 않았던, 생전 처음 경험해 보는 고산병 증세였습니다.

세계의 지붕 히말라야의 아버지, 파미르

  지붕도, 담벼락도, 바닥도 모든 게 흙을 빚어 만들어진 동네를 뒤져보니 이런 오지에도 타이어 수선점은 있었습니다. 전날 펑크난 타이어를 때우고 본격적인 카라코룸 하이웨이를 달립니다. 여기서 하이웨이란 고속도로가 아닙니다. 높은 곳에 있는 길을 뜻합니다.

  톈산 산맥, 히말라야 산맥, 힌두쿠시와 카라코룸과 연결되어 세계의 지붕이라 불리는 파미르 고원이 바로 여기입니다. 만년설에 덮인 파미르와, 그 산들을 뒤덮으려는 솜이불 같은 뭉게구름이 형언하기 어려운 감동을 줍니다. 참으로 오랫동안 꿈꾸어 온 파미르입니다. 여기까지 내 차로 왔다는 사실이, 또 여기를 차로 달리고 있다는 사실이 나도 믿기지 않을 정도입니다. 불쑥, 한겨울의 이곳은 어떤 모습일까 궁금해집니다. 여름이 시작된 지금이 이런 모습인데, 평균 기온 영하 30도라는 1월에는 과연 어떤 모습일까 궁금합니다. 1월의 모습을 보려면 최소한 10월 초에는 와야 하며 3월까지는 내려가기 힘들다고 합니다. 정말인지 못 믿으시는 분, 직접 한번 와보시길.

  계곡 양쪽의 황량한 바위산에서 여러 갈래 폭포물이 흘러내립니다. 바위산 너머에 또 다른 산이 있다는 것을 뜻합니다. 비록 풀 한 포기 없어 황량하지만 정말 장엄하고 대단한 위용의 대자연입니다. 이런 대자연 앞에서 인간이 얼마나 미미한 존재인가를 쉽게 알 수 있습니다. 그러나 그런 미미한 존재가 천 년 전에 험준한 바위산을 깎아 이 도로를 만들었다는 사실을 떠올리니 또 인간이 얼마나 대단한 존재인가를 생각하게 됩니다.

여행을 다니다 보면
거대한 자연 앞에서
인간이 얼마나 미미한 존재인지를,

깨닫게 됩니다.

## 네 바퀴로 세계의 지붕 넘기

타지키스탄의 수도 두산베Dushanbe에 도착했습니다. 새벽부터 두산베 시내를 뒤져 동급의 한국산 새 타이어 두 개를 구했습니다. 앞바퀴를 교체하고 브레이크 패드도 교환했습니다. 새 신발, 새 양말로 갈아 신겼습니다. 처음 한국을 출발할 때 가져온 예비 타이어 2개를 포함해 6개의 새 타이어로 바꾸어 떠났습니다.

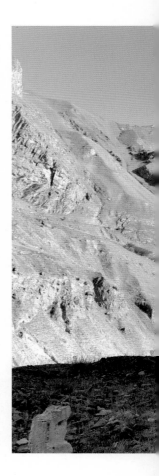

몽골에서 하나 터뜨리고, 카자흐스탄에서도 하나, 키르기스스탄에서도 하나를 날렸습니다. 여행 2개월만에 타이어 5개를 날렸으니 참 대단한 여정입니다. 다행히 러시아에서 중고를 두 개 구했고, 키르기스스탄에서도 중고를 하나 더 구했습니다. 그 중고 타이어로 조마조마하며 파미르를 넘어왔습니다. 기특하게도 우리 차, 무사히 이 높다란 지붕을 넘어주었습니다. 길인지도 분간하기 힘든 험한 길들을 잘 견뎌주었습니다. 앞으로도 잘 버텨주길 바라며 우즈베키스탄으로 달려갑니다.

# 불청객 때문에 못가게 된 우즈베키스탄

'메르스 확인서'를 요구하는 경찰들

중앙아시아에서 경찰의 횡포가 가장 심한, 여행 중에 만난 대부분의 여행객들이 치를 떨었던 바로 그 우즈베키스탄의 비자를 받기 위해서 두산베에 있는 대사관에 갔습니다.

급행료를 지불하고 비자를 받으러 갔는데 황당하게도 우리에게 '메르스 확인서'라는 걸 요구합니다. 살다가 '메르스 확인서'라고는 처음 들어 봅니다. 초청장을 발급받는 데도 적지 않은 돈이 듭니다. 우즈베키스탄의 어느호텔에서 머물겠다는 예약 확인도 있어야 하며 호텔비도 미리 지불해야 합니다.

여행에도 궁합이 있는 듯 합니다. 한껏 희망하고 기대에 부풀어 갔으나틀어져 버리는 곳도 있고, 처음부터 왠지 꺼림칙하게 여겨져 가기가 꺼려지는 곳도 있습니다. 우즈베키스탄이 바로 그런 곳입니다. 망설임 없이 결정합니다.

우즈베키스탄으로 가지 않기로. 우리가 얻어 먹으러 가는 것도 아니고, 가서 내 돈 내고 먹고 자고 구경하고 다닐 건데 무슨 이유로 그렇게 까탈스럽게 구는지. 당초의 경로를 크게 변경합니다.

▲후잔트로 가는 길

전혀 다른 루트로 키르기스스탄과 카자흐스탄을 지나 러시아 남부로 들어가서 모스크바로 먼저 가기로 합니다.

'악마의 목구멍'으로 들어가다

타지키스탄 두샨베에서 M34번 북쪽 루트를 따라 오래된 고대 도시 후잔트Khujand로 갑니다. 도중에 대단한 터널 두 곳을 지나야 합니다. '악마의 목구멍'이라는 별명이 붙은 칸론 터널과 야니 터널입니다. 각각 약 5km 정도의 길이입니다. 우선 터널 내부 바닥이 비포장입니다. 그냥 비포장 정도가 아니고 물 웅덩이가 어마어마한 바닥입니다. 납득이 어렵겠지만 터널 내부에는 실내 조명이 없습니다. 오로지 자동차 전조등에 의존해야 합니다. 오르막, 내리막, 커브는 당연히 있습니다.

바닥의 물 웅덩이도 피해야 하지만 터널 내부에 널부러져 있는 각종 철구조물, 맨홀, 대형 시멘트 블록 등의 장애물도 잘 보고 피해 다녀야 합니다. 또한 터널 내부의 벽과 천정에 마감작업이 전혀 안되어 있습니다. 비 오듯 떨어지는 낙숫물에 와이퍼를 계속 작동해야 합니다. 탄광 안에 차를 몰고 들어온 느낌입니다.

무엇보다 이 터널의 클라이막스는 내부의 공기입니다. 30년도 더 훌쩍 지나버린, 논산 훈련소의 화생방이 떠올랐을 정도입니다. 이런 길을 다니며 사고가 나거나 불미스러운 일이 생기면 정말 끔찍해집니다. 그렇지만 무사히 지나고 나면 이런 길이야 말로 여행의 재미를 곱절로 키워준, 두고두고 기억에 남는 신기한 여행길로 추억되는 게 정말 신비로운 노릇입니다.

## 눈이 시리게 푸른, 카라쿨

타지키스탄 제2의 도시 후잔트를 지나 키르기스스탄의 오쉬Osh에서 하루를 보내고 북서쪽으로 카자흐스탄을 향해 나아갑니다. 넓디 넓은 호수 남쪽에 소나기 구름이 덮혀 있고, 구름 사이로 햇빛이 쏟아집니다. 이식쿨, 송쿨과 함께 키르기스스탄의 3대 보물이라는 카라쿨입니다. 인생은 새옹지마라는 사실을 여기서도 절감합니다. 우즈베키스탄을 못 가게 되자 그대신, 못보고 와서 크게 아쉬웠던 카라쿨을 이렇게 오게 되었습니다.

꼬불꼬불, 오르락 내리락, 길은 결국 호수를 끼고 끝없이 이어졌습니다. 눈앞에 보이는 호수 건너편까지 60여 km를 달려 호숫가 마을의 숙소에 닿았습니다. 마을까지 가는 길이 넋을 잃을 정도의 절경이 아니었다면 쉼 없이 계속되는 급경사와 급커브, 엄청난 매연을 품으며 달리는 대형 트럭과 끊임없이 꼬리를 잇는 낡은 벤츠들로 무척이나 힘든 여정이 되었을 것이 분명합니다.

낙뢰 속에서 처음으로 차에서 밤을 새다

국경도시 타라즈Taraz를 통해 카자흐스탄으로 다시 입국했습니다. 러시아를 향해 곧장 북쪽으로 달립니다. 종일 달구어진 대기의 열기가 매일 오후가 되면 어김없이 비구름을 만듭니다. 근데 그날은 전방의 비구름 크기가 예사롭지 않았습니다. 먹구름이 석양을 뒤덮을 정도였습니다. 벌판에서 가장 무서운 건 뇌우입니다. 경험해 본 사람은 익히 압니다. 탁 트인 땅에서 번개가 얼마나 무서운지. 그 번개가 쏟아지기 시작했습니다. 번개가 칠 땐 낮은 곳으로 피해야 하는 것은 상식입니다. 문제는 그 벌판에는 낮은 곳이 없었습니다.

이날 870km를 달렸습니다. 여행을 시작하고 가장 많이 달린 거리입니다. 벌판의 작은 주유소 입구에서 늘어선 트럭들 사이에 주차하고 굳은 빵과 치즈로 끼니를 때운 후 생수로 양치질만 하고 차 안에서 잠을 청했습니다. 여행을 떠난 지 두 달 만에 처음으로 차박을 했습니다. 두 다리를 뻗고 베개를 베고 자는 게 얼마나 큰 행복인지 새삼 깨달았습니다.

번쩍. 번개가 치면 순간적으로 시야가 훤해 집니다. 저 멀리 지평선까지 환하게 보입니다. 밤새 수 백 번 번개가 치는데 눈앞의 그림은 조금도 변화가 없었습니다. 전혀 움직임이 없는 똑같은 들판. 마치 한 장의 흑백 사진만 보는 것처럼 멍해지는 경험을 해 보았습니다. 경험자의 입장에서 말해 봅니다. 그런 밤, 그런 경험도 색다른 즐거움으로 승화시켜야 여행이 편해집니다. 물론, 한 번으로 족합니다. 그런 끔찍한 즐거움은.

"목숨 걸고 찍은 사진, 그러나 흔들렸습니다. 천둥소리에 놀라서…."

저 노을 다 타고 지면 어둠의 커튼이 드리워집니다.
나는 또 밤이라는 오늘의 마지막 무대 위에 홀로 남겨진 주인공이 됩니다.
벌써 오십 년을 넘게 그렇게 살아왔지만 점점 더 밤이 두려워집니다.
밤마다 치러야 하는 이별이 점점 더 힘이 듭니다.

해를 거듭할수록 그 이별은 점점 더 빨리, 더 자주 다가옵니다.


어느 노랫말처럼
머물러 있는 순간인 줄 알았는데… 또 하루 멀어져 갑니다.

# 06 러시아 ——— 역사와 예술의 향연

"살아있는 역사와 예술"

성 바실리 대성당

▲ 모스크바를 향해 달리는 길

진짜 러시아를 만나러

러시아 남부의 시골 지역 악블락Akbulak의 국경을 넘었습니다. 러시아를 다니며 입에 가장 많이 올린 말은 "부럽다"입니다. 세계에서 제일 넓은 영토와 1억 4천만 명이 넘는 인구, 오랜 역사와 전통 문화, 수준 높은 예술을 간직한 나라. 게다가 산림과 수목, 천연자원도 넘치는 부러운 나라입니다.

국경을 지나 꼬박 하루를 달려 오렌부르크Orenburg를 거쳐 모스크바를 향해 며칠째 달렸습니다. 러시아의 전형적인 도로들은 양 옆으로 키 큰 자작나무 숲이 우거져 있었습니다. 모스크바로 향하는 남부 러시아의 산하와 들판은 짙은 초록입니다. 울창한 산림이 있고 초원이 있고 푸르른 경작지들이 이어져 있었습니다. 나무가 있고 숲이 있으면 시선이 안정됩니다. 게다가 꽃도 있으면 더욱 편안해집니다. 그 차이가 이렇게 크다는 걸 실감한 것도, 초록이 이토록 편안한 색이라는 걸 깨달은 것도 여행 덕분입니다.

도로 옆으로 병풍처럼 자라난 자작나무는, 숲 너머에 마을이 있는지 도시가 있는지 내비게이션을 보지 않고는 모르고 그냥 지나칠 수밖에 없습니다.

무엇이 있는지 잘 모를 때, 무슨 생각을 하는지 모를 때, 의뭉스러워 그 꿍꿍이를 모를 때 흔히 '크렘린 같다'는 표현을 합니다. 그 크렘린 같은 숲길을 달려 진짜 모스크바의 크렘린으로 가고 있습니다.

예술의 도시 모스크바

여행을 떠난 지 70일만에, 총 21,000km를 달려서 세상에서 가장 큰 나라 러시아에, 그 러시아의 수도 모스크바, 그 도시의 한복판에 있는 크렘린에 도착하였습니다.

시간이 모자라는 관광지에서는 단체 투어를 다니는 것도 효율적입니다만 나는 목적지에 닿으면 차를 세워두고 무작정 걸어 다니며 찾아 다니면서 구경하는 스타일입니다. 방향을 정해 뒷골목을 누비고 다니며 이런 구경을 하는 재미를 쏠쏠히 즐깁니다.

도로 한가운데, 넓은 중앙 분리대 안에 전시된 작품들도 구경하였습니다. 세계에서 가장 아파트가 많은 서울이라지만 서울의 아파트들은 심심하고 밋밋합니다. 러시아에선 오히려 닮은 것을 찾기가 어렵습니다. 각자의 건물마다 독특한 섬세한 문양을 새긴 벽면이나 벽과 잘 어울리게 꾸며진 현관, 제각각 경연이라도 하듯 예쁘고 특징있게 꾸며진 창살, 그 창살에 걸린 화분. 러시안들이 가장 좋아하는 색상이라는 터키쉬 블루로 칠해진 오래된 가옥들, 격자 모양의 나무 창살과 우윳빛 간유리에 엷게 투영되는 새하얀 레이스 커튼, 금방이라도 그 커튼을 젖히며 인형처럼 예쁜 소녀가 밖을 내다볼 듯 한 창문을 가진, 낡았지만 고상한 건물들이 줄지어 있습니다.

모스크바에서는 굳이 입장료를 내고 전시장에 가지 않더라도 뒷골목을 걸어 다니면 수많은 작품들을 즐길 수 있습니다. 어떤 작품들은 쉽게 이해가 되지 않지만 어떤 작품들은 보는 순간 아! 하는 탄성이 절로 나올 만큼 기발하고 멋집니다. 그런 작품이 온 도시에 널려 있습니다.

지하철조차 예술적입니다. 몇 번이나 되새겨 외웠음에도 역 이름은 까먹었지만! 역사 건물은 물론 역 입구부터. 동방에서 온 여행자인 우리 가족은 기가 죽었습니다. 콘크리트가 아니고 죄다 대리석입니다. 석면 천정 같은 것도 없었습니다. 모스크바 지하철은 바닥이나 벽, 천정, 계단, 난간 등 어느 부분을 살펴보더라도 건축비 절감의 개념은 애당초부터 염두에 두지 않고 지은 듯 했습니다.

## 러시아 역사의 중심, 크렘린 궁

나흘 동안 모스크바에 머물며 매일 크렘린 궁에 갔습니다. 크렘린은 러시아 역사의 주무대입니다. 무슨 기념일이 아니라도 늘 인파로 가득 차 있습니다. 매표소에는 마치 어린이날 놀이공원처럼 긴 줄이 늘어서 있습니다. 표를 구매하고 들어가기 위해 공항 출국장처럼 검색 과정을 거쳐야 하는데 그 행렬도 결코 만만치 않습니다. 백 년 전 레닌은 사상과 정신으로 세계의 절반을 주름잡더니 그 후예들은 그 덕택에 세계 각지에서 찾아온 관광객 때문에 즐거운 비명을 지르고 있습니다.

러시아의 심장 크렘린에서 가장 상징적인 장소인 '붉은 광장'에는 꺼지지 않는 불꽃이 부동자세로 서 있는 병사들 앞에서 타오르고 있었습니다. 여기까지 오며 거쳐 온 '스탄' 국가들의 도시 대부분에 이 불꽃이 있었습니다. 2차 세계 대전 때 희생된 사람들의 숭고한 정신을 잊지 말자는 의미였는데 최근에는 사랑의 불꽃으로 변질되어 신혼부부가 결혼을 하게 되면 가장 먼저 여기에 와서 헌화한다고 합니다.

◀ 대리석으로 꾸며진 모스크바의 지하철

◀ 크렘린 궁

붉은 광장에서 꺼지지 않는 불꽃 ▶

　붉은 광장은 붉은 색이 별로 없습니다. 처음에는 '아름다운 광장'으로 불렸는데 메이데이나 혁명 기념일에 엄청난 양의 붉은 색 현수막이 궁의 벽에 내걸리고, 수많은 사람들이 붉은 깃발을 들고 행진을 해 자연스럽게 '붉은 광장'으로 불리게 되었다고 합니다.

## 모스크바 크렘린의 상징, 성 바실리 대성당

정확한 이름은 잘 몰라도 러시아나 모스크바 뉴스가 나오면 꼭 등장하는 장소입니다. 뉴스보다는 동화책이나 그림책에 더 잘 어울리는데 말입니다. 성루 모양이 양파를 닮아 우리는 양파 궁전이라고 이름 붙였는데 실제 와서 보니 궁전이 아니고 성당이라고 합니다.

이곳에는 무서운 이야기가 숨어 있습니다. 성당을 완공한 두 명의 건축가가 더이상 건물을 짓지 못하도록 그들의 눈알을 뽑았다고 합니다.
나라면 건축가들에게 상을 주고 멋진 건물을 더 많이 지을 텐데….

## 운하의 도시, 상트 페테르부르크

모스크바를 떠나 러시아 제2의 도시, 러시아의 베니스로 불리는 상트 페테르부르크 까지는 810km로, 하루에 갈 수 있는 거리가 아닙니다. 느긋하게 달립니다.

한 폭의 그림 같은 멋진 강을 보고 차를 세웠습니다. 이름 모를 들꽃이 만발했고 산들바람도 감미로웠습니다. 강가에 망설임 없이 자리를 펴고 라면을 끓였습니다. 낡은 트럭을 타고 물놀이 온 가족들과 인사를 나누었습니다. 말은 통하지 않았지만 따스한 미소만 있어도 이웃이 될 수 있습니다. 보드카 한 병을 선물로 받았습니다. 답례로 예닐곱 살 딸들에게 머리핀 몇 가지를 주었더니 우리 차를 타고 여행을 따라 나설 듯 기뻐했습니다.

도시에 들어서니 과연 러시아의 베니스라 불릴 만 합니다. 곳곳이 운하로 연결되어 있습니다. 운하를 중심으로 양쪽으로 늘어선 건물들, 운하를 가로지르는 화려한 교각들, 많은 유람선들. 모든 것이 관광산업에 일익을 담당하고 있음을 나같은 초짜 여행자

의 눈으로도 쉽게 알 수 있었습니다. 그래서 그런지 모스크바보다 훨씬 여유있고 밝은 분위기입니다. 길거리 사람들의 얼굴 표정도, 옷매무새도 자유분방하고 개성이 넘칩니다. 부드럽습니다.

▲ 상반된 이름으로 불리는 피의 사원, 그리스도 부활 교회!

예약해둔 숙소를 찾아서 차를 세워두고 서둘러 '피의 사원'으로 갔습니다. 모스크바의 성 바실리 대성당과 닮은, 아름다운 외관과는 달리 '피의 사원'이라는 끔찍한 이름을 가지고 있습니다. 알렉산드르 2세가 여기서 살해당했기에 그런 이름이 붙었다고 합니다. '그리스도 부활 교회'라는 이름도 있다고 합니다.

대부분의 사람들이 상트 페테르부르크 최고의 건축물로 손꼽기를 주저하지 않는 건축물입니다. 이름과는 달리 눈물겹게 화려한 모습입니다. 차라리 '미의 사원'이라고 불러도 전혀 손색이 없을 만큼 아름답습니다.

▲ 새벽 한 시가 지났음에도 넘치는 관광객들

해가 지지 않는 상트에서 백야를 핑계로 마시는 맥주!

도시의 야경을 보기 위해선 시티투어 버스를 타거나 높은 곳에 올라가는 것이 가장 좋은 방법의 하나입니다. 낮에 들렀던 이삭 성당을 찾아 제법 비싼 전망 티켓을 구입해 올라갔습니다. 이 도시를 가로지는 네바Neva 강의 다리들은 자정 무렵에 큰 배들이 지나갈 수 있도록 다리 상판을 들어 올립니다. 잘 시간이 되면 자야 하는데 백야 기간이라 너무 환해 술 한 잔 마시지 않으면 쉽게 잠들 수 없습니다. 생체리듬을 보호해야 한다는 핑계로 또한 잔 합니다. 맥주 참 맛있습니다. 이곳의 맥주를 마셔보니 우리 맥주는 맛보다는 광고 쪽이 훨씬 뛰어나다는 것을 절실히 깨닫게 되었습니다.

샹트 페테르부르크 이삭 성당

밤 10시가 넘었지만 거리는 환하기만 합니다. 백야입니다.
6월 하순부터 7월 2일까지가 이 지역 백야의 절정이라고 합니다.

여기서는 백야 기간을 '국민 황혼기'라 합니다.
해가 지지 않고 오랫동안 노을이 있는 것이
인생의 황혼기와 닮았기 때문이라고 합니다.

## 살아 숨쉬는 거대한 예술품

상트에는 여의도나 강남에서처럼 하늘을 찌를 듯한 고층 건물은 없습니다. 대부분의 건물은 5층 높이입니다. 19세기에 건축된 화려한, 예술성이 뛰어난 건물들은 외관이 거의 원형 그대로 보존된 상태에서 현재도 상점이나 사무실, 거주지로 사용되고 있기에 더욱 많은 볼거리를 제공하고 있습니다. 러시아에서 가장 유럽스러운 도시라는 사실을 아이들도 쉽게 알 수 있을 만큼 세련되고 아름답고 우아한 도시입니다.

고작 나흘간 머무르고도 이 도시를 표현하는 건 어렵지 않았습니다. 이 도시는 한 마디로 '도시 전체가 예술품'입니다. 건축과 미술, 문학과 음악 등 다양한 분야를 총망라한 거대한 예술품입니다.

이렇게 '어마어마한' 상트 페테르부르크였지만 300년 전까지만 해도 사람이 살지 않던, 아니 살지 못했던 늪지대였습니다. 그 늪지대에 돌덩이를 쏟아 부어 기반을 다지고 말뚝을 박아 만든 도시입니다. 황제는 이 도시를 건설하기 위해 러시아 전역에 더 이상 석조 건물을 짓지 못하게 하고 모든 건축 자재를 이곳으로 옮겨오도록 명령합니다. 그렇게 하여 강 하구 늪지대에 있던 100여 개의 삼각주를 365개의 다리로 이어 이 도시를 만들었습니다. 30년이 넘는 공사 기간 동안 약 4만 명의 노동자가 희생되었다고 합니다. 강제 노역에 동원된 그들의 선조 덕분에 후손들은 관광 산업으로 잘 먹고 살고 있습니다.

역사는 훌륭한 관광 상품입니다. 당연히 유적도, 유물도, 문화도 관광 상
품입니다. 이 도시에서는 운하도 관광 상품이고 유람선도 관광 상품입니다.
심지어 넘쳐나는 관광객들도 뛰어난 관광 상품입니다. 여행자들의 사이에
서 입에서 입으로 전해지고, 못 가 본 사람들은 남들은 가보았는데 자신은
아직 못가봤다는 사실이 안타까워 여행을 더 원하게 됩니다. 이 도시, 상트
페테르부르크를 꼭 버킷 리스트에 넣어 두시길 권합니다.

# 발트해 3국 ____유럽속숨겨진유럽

▼ 11세기경 덴마크인들이 넘어와 건설한 수도 탈린은 '덴마크인들의 거리'라는 뜻입니다.

"중세와 현대가 맞물려 소용돌이 치는 곳."

# 에스토니아

———————————

    독일과 러시아의 사이에 자리한 탓에 2차 세계
대전 때 인근의 다른 도시는 대부분 폭격으로 파
손되다고 합니다. 그러나 수도 탈린Tallinn은 늘
짙은 안개에 덮혀 있어 폭격기 조종사들이 정확
한 위치를 확인하지 못하소 바다에 폭탄을 쏟아
부은 덕분에 시가지 전역이 중세의 모습 그대로
보존될 수 있었습니다. 마치 타임머신을 타고 중
세로 여행하고 있는 느낌입니다. 최근에 유네스
코 문화유산으로 지정되어 수많은 관광객이 넘치
고 있으니 참 다행스러운 일입니다.

# 라트비아

발트해 3국은 각각 다른 이름을 가졌지만 지정학적으로 이웃하고 있는 이유로 비슷한 역사를 공유하고 있습니다. 과거 유럽 연합에 편입되기 전에는 대단한 위세를 떨쳤을 삼엄한 세관 건물은 호스텔과 매점으로, 초라한 신세를 면치 못하고 있습니다.

시내에 위치한 호스텔을 어렵게 찾아갔으나 당초 입실 예정 시각보다 늦게 왔다고 숙박을 거절당했습니다. 텅 비어 있는 호스텔이면서.

여행사가 미리 정한 일정표대로 움직여야하는 그런 피동적인 여행이 싫어 차를 가지고 출발한 여행입니다. 하루 머문 뒤 미련없이 아침 일찍 리투아니아를 향해 떠났습니다.

▼ 라트비아를 떠나는 길

"삼엄했던 국경이 초라해지다."

# 리투아니아

리투아니아 제2의 도시 카우나스Kaunas시가지를 지나치며 고가도로에서 내려다보니 공원안에 야영장이 눈에 띄어 서슴없이 차를 돌려 찾아갔습니다. 그리곤 여행을 떠나 처음으로 캠핑을 합니다. 떠나기 전부터 유럽에서는 캠핑을 많이 할 예정이었습니다. 차에 매달려만 있었던 어닝을 석 달만에 처음으로 펼치자 몽골에서부터 쌓여온 흙먼지가 뿌옇게 떨어졌습니다. 어떻게 그렇게도 많은 흙먼지가 굳게 잠긴 지퍼 속까지 침투했을지 놀라웠습니다.

혹시 리투아니아 여행 가시면 커피숍과 광장의 시장을 꼭 기억하시길. 차를 돌려 시장으로 되돌아가, 가진 돈 전부 털어서 사오고 싶을 만큼 맛있는 쿠키가 있는 곳입니다.

"작지만 세련되고 친절한 나라"

▼ 카우나스 시청사

▲ 여행 중 처음 하는 캠핑

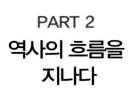

# PART 2
# 역사의 흐름을
# 지나다

ROUTE 2. POLAND ⋯▸ SLOVAKIA ⋯▸ CZECH ⋯▸ GERMANY ⋯▸ DENMARK ⋯▸ SWEDEN ⋯▸ NORWAY ⋯▸ GERMANY

"여행은 정신을 다시 젊어지게 하는 샘이다 "

안데르센

# 07 폴란드 ─── 과거를 소중히 기억하는 나라

POLAND •

아우슈비츠 박물관 정문

"참혹하고 잔혹한 역사의 현장, 그곳에서 오늘의 감사함을 깨닫습니다"

# 07
# POLAND

▲ 폴란드로 가는 국경지대의 안내판
시간대별로 혼잡도에 따라 제한속도를 다르게 한 현명함과
소형차들의 성능을 감안하여 충분한 속도로 달리게 한 융통성이 부럽습니다.

폴란드로 넘어갑니다. 차를 타고 유럽을 가거나 유럽에서 렌트해서 다닐 경우에는 예전 국경지대의 이 안내판을 잘 보고 충분히 납득하고 다녀야 훗날 벌금고지서가 대륙을 건너 댁까지 찾아오는 것을 방지할 수 있습니다.

폴란드는 한때 유럽 중부지역의 거의 대부분을 차지하던 대장 '부리바의 나라'였습니다. 지도를 펴보면 러시아, 리투아니아, 벨라루스, 우크라이나, 슬로바키아, 체코, 독일 등 7개 나라와 국경을 맞대고 있는 현실을 볼 수 있습니다. 아파트는 위 아래, 옆집만 있는데도 소음 등으로 자주 부딪치는 판국인데 7개 국가와 국경을 같이 하고 있었으니 오죽할까요. 당연히 다른 나라들의 끊임없는 침입과 지배를 받았습니다.

폴란드로 가는 길에서 캠핑장 팻말을 발견합니다. 팻말이 보이면 이젠 그냥 들어갑니다. 주차하고 텐트를 치고 걷는 것도 한두 번 하니 익숙해졌습니다. 뭐든지 처음이 어려운 법입니다. 텐트를 치는 게 호텔이나 호스텔보다 자유롭기도 하고 또 아무리 세탁을 잘 했다고 한들 남이 덮었던 이불, 남이 깔고 잤던 요에서 자는 것보다 내가 사용하는 전용 침낭에서 자는 것이 한결 아늑하고 편안합니다. 처음에는 세간살이 다 내보이는 것이 불편했는데, 이제는 옆의 캠프에서 와서 관심을 가지고 이것저것 부러워하는 시선을 즐깁니다.

## 벽돌 한 장까지도 고증을 거쳐 재건한 도시 바르샤바

바르샤바Warsaw 왕궁을 찾았습니다. 14세기 처음 준공했을 때는 목조건물이었다고 합니다. 그후 폴란드의 수도가 크라코프에서 이곳으로 옮기면서 웅장한 크기의 붉은 벽돌로 재건축되었다고 합니다. 왕궁을 둘러싼 이 도시 역시 2차 세계 대전 당시 독일군의 폭격으로 거의 폐허가 되었는데, 그 폐허를 딛고 군관민이 일치 단결하여 복구했습니다. 놀랍게도 단순 복구 작업이 아니고 파손된 건물 조각이나 유물의 일부, 부서진 건축 재료 등을 최대한 확보하고, 몇 번씩 엄격한 고증을 거쳐 가며 거의 원형 그대로 복원했다고 합니다.

이런 점에서도 이들의 정성과 장기적인 안목, 문화유산의 소중함을 일찍부터 깨달은 현실성에 진정으로 탄복하게 됩니다. 골목의 입구 돌계단이나 벽의 가장자리 등 모든 부속 건물들까지 낡고 오래된 것처럼 보이기 위해 의도적으로 계획하여 복원된 것이라니 정말 놀라지 않을 수 없습니다.

## 폴란드의 옛 수도 크라코프

▼ 바벨 대성당

관광을 왔건 여행을 다니건 폴란드의 옛 수도
인 크라코프Krakow를 그냥 지나칠 수 없습니
다. 11세기부터 17세기까지 긴 세월 동안 폴란드
의 중심이었다가 바르샤바로 수도를 옮기고 나
서도 수세기가 지난 지금까지 폴란드 경제와 문
화의 수도 역할을 하고 있는 곳입니다. 16세기
말까지 오스트리아의 빈, 체코의 프라하와 함께
중부 유럽에서 가장 번화한 3대 도시 중 하나
였습니다.

크라코프의 바벨 성은 9세기경, 폴란드가 한
창 힘이 좋았던 그 시절에 유럽 전역에서 예술가들과 건축가들을 데려와서
건축한 고딕 양식의 성입니다. 성에는 1018년에 건축된 바벨 대성당이 있습
니다. 일반인은 출입할 수 없는 왕실 전용 성당이었으며 꽤 비싼 입장료를
지불했으나 내부 촬영이 금지되어 있습니다. 왕의 무덤이나 관, 왕의 의복,
왕이 걸쳤던 귀금속, 왕의 갖가지 무기, 주목 가구나 소품, 황금 도색된 제
단, 벽면의 초대형 카페트, 바닥의 붉은 대리석 등은 입이 저절로 벌어질 만
큼 호사의 극치입니다. 여행을 시작하고 다녀본 꽤 많은 성당들 가운데 가
장 초호판입니다. 하긴 왕실 전용 성당이니까 당연한 건지도 모르겠습니다.
역대 폴란드 국왕의 대관식이 언제나 이 성에서 거행되었다는 사실을 상기
하면 규모가 쉽게 짐작되리라 여겨집니다.

"비엘리치카 소금광산 내부. 벽면에는 훌륭한 솜씨로 조각된 부조가 보입니다."

갓 블레스 유God Bless You , 비엘리치카 소금 광산

크라코프 인근의 비엘리치카Wieliczka의 소금광 산으로 갑니다. 이곳은
세계 12대 관광지의 하나라고 합니다. 그런데 세계 10대 경관이니, 세계 10
대 명승지라느니, 세계 12대 관광지라느니 이런 건 누가 어떤 근거로 선정
하는지, 그 기준이 무엇인지 나는 늘 의문입니다.

700년 이상의 채굴 역사를 가진 이 광산은 지난 1996년까지도 소금을 채취했습니다. 가장 깊은 곳이 지하 327m라고 하나 미로처럼 복잡한 구조라 갱도 길이는 총 300km를 넘습니다. 때문에 자유 관람은 허용되지 않고 오로지 가이드 투어만 가능합니다. 폴란드어, 영어, 독어, 프랑스어, 이탈리아어로만 진행되지만 동물적인 눈치와 코치가 있으니 문제없습니다.

영어권에서 전통적으로 사용하는 인사말 "당신에게 행운이 깃들기를God Bless You!"는 여기 광산 인부들이 처음으로 사용했다고 합니다. 한 번 내려오면 몇 개월씩 거주하며 작업을 했기 때문에 신앙심 깊은 광부들은 암염을 깎아서 교회와 제단을 만들고, 광장에 역대 왕들의 동상은 물론 교황 바오로 2세의 모습, 레오나르도 다빈치의 '최후의 만찬상'을 비롯한 수많은 성화들을 부조로 만들었습니다. 그 솜씨들이 한결같이 너무나 훌륭해 근래에 조각가들이 만든 게 아닐까 하는 의구심이 들 정도입니다.

두 가지 팁을 덧붙입니다. 광산 내부는 항상 14도의 기온을 유지하고 있으니 반드시 긴 옷을 챙겨야 합니다. 또, 입장권을 구입할 때 사진촬영을 위한 티켓을 별도로 팔고 있습니다. 촬영을 허가한다는 조그만 스티커인데 무려 3유로입니다. 그걸 붙인 사람이나 안 붙인 사람이나 아무런 제한 없이 사진을 찍을 수 있으니, 3유로 아꼈다가 커피 두 잔 드세요.

## 아우슈비츠, 비극으로 가는 정문

폴란드 남부 국경 지역에 있는 오슈비엥침으로 갑니다. 오슈비엥침의 독일어 발음은 '아우슈비츠'입니다.

'일하면 자유롭게 되리라.' 수용소 정문 위에 아치로 장식되어 있었습니다. 저 문구를 보고 얼마나 많은 사람이 희망을 가졌을까요. 상상을 초월하는 과중한 노동과 열악한 환경, 최소한의 생명유지에 미치지도 못하는 형편없는 식사, 게다가 대부분의 사람들은 자기 목숨에 대한 지독한 상실감, 박탈감으로 그 노동조차 오래 할 수 없었다고 합니다. 수용소에서 진정 자유로워 질 수 있는 방법은 오로지 죽음뿐이었다고 종전과 함께 기적같이 살아난 생존자들이 입을 모았습니다.

수용소 전체가 아우슈비츠 박물관으로 사용되고 있습니다. 입구를 통과하면 한 눈에 강제 착취나 살육을 목적으로 만든 시설임을 알 수 있는, 모양과 크기가 비슷한 28동의 적벽돌 건물을 볼 수 있습니다. 바둑판처럼 건물이 늘어서 있고 각 건물 사이와 울타리에는 탐조등과 기관총을 거치한 감시초소가 아직도 살벌한 위용을 드러내고 있었습니다. 이중, 삼중의 고압 전기 철조망과 전기 철망으로 구분 격리된 수용소 내부를 보는 것 만으로도 전신에 오싹하게 소름이 끼쳤습니다.

ARBEIT MACHT FREI

일하면 자유롭게 되리라

"하루 빨리 자유로워지리라 희망하며 저 문을 들어섰는데,
불과 며칠만에 하루 빨리 죽기를 희망하게 되었다."

어느 유대인 생존자의 말에 공감할 수 밖에 없었습니다.

내부에 '사이클론 B 독가스'의 빈 통이 수천 개 전시되어 있습니다. 나치의 과학자들이 연구하여 만든 독가스는 한 통으로 400명을 살해했다고 합니다. 어떤 부스에는 크고 작은 낡은 가죽 가방들만 가득 전시되어 있습니다. 한 사람당 가방 한 개만 지참하고 오도록 했다고 합니다. 당연히 자신들의 소유물중 가장 의미 있고 소중하고 중요한 것들만 가져왔을 것입니다. 분류하기도 쉬웠고, 현금화 하기도, 착취하기도, 착복하기도 쉬웠을 겁니다. 형언하기 힘든 전율이 온 몸을 타고 흐릅니다.

녹이 슨 안경으로 채워진 부스도 있습니다. 어린 아이들이 사용하던 작은 안경도 많았습니다. 신발로만 가득한 전시장도 몇 칸이나 있습니다. 세면도구로만 채워진 전시실, 유대인들이 입고 왔던 의류를 모아둔 부스, 심지어 신체의 일부인 치아만 따로 보관 전시한 부스도 있습니다. 역사의 산 현장이지만 너무 혐오스럽고 소름이 끼쳐 사진을 찍기도 싫었습니다.

초등학교 4학년 때『안네의 일기』를 읽었습니다. 겨울 밤, 이 책을 읽으며 눈물을 훔쳤습니다. 유대인으로 태어나고 싶어서 태어난 것도 아닌데 가슴에 노란 별표를 떼어내고 다니면 안되었을까, 바깥출입도 못하고, 다락방에서 크게 소리도 못 내고, 내가 이런 생활에 처한다면 어쨌을까, 게슈타포가 들이닥쳤을 때, 수용소에서 가족들과 헤어질 때 얼마나 놀랐을까 무서웠을까. 오래 전에 본 영화 〈쉰들러 리스트〉와 〈인생은 아름다워〉를 천천히 다시 보고 싶어졌습니다.

아우슈비츠를 벗어나며

　지금이 늦가을이 아닌 게 다행입니다. 차창 밖의 풍경이 가을걷이를 마친
황량한 들판이고, 게다가 늦가을 바람까지 스산하게 분다면 얼마나 삭막하
고 외로운 기분일까 생각했습니다. 당초 많은 지인들이 아우슈비츠엔 가지
말라고 했습니다. 음산하고, 무섭고, 우울해진다고. 하지만 나는 오래 전부
터 꼭 여기 와보고 싶었습니다. 내 눈으로 그 참혹하고 잔혹한 현장을 확인
해 보고 싶었습니다.

이곳에서 절망하며 사그라진 유대인 입장이라면 우리가 하루에 몇 번씩이나 내뱉는 힘들어 죽겠다고, 바빠 죽겠다고, 미워 죽겠다고, 보기 싫어 죽겠다고, 심지어 배고파 죽겠다고 하는 게 얼마나 큰 사치이고 행복인가 반성하게 되었습니다. 역시, 잘 와보았다고 생각합니다. 살아 있다는 것이, 산다는 것이, 또 일상적인 내일을 맞이하는 당연함이 얼마나 소중하고 아름다운 것인지 절실히, 감사하게 깨달은 오늘입니다.

# 슬로바키아

낡은 빨간 버스, 소탈한 벤치. 거
대하지도 화려하지도 않아 부담스럽
지 않은 곳. 그래서 더욱 정감스러운
곳입니다.

하루 정도, 바쁘면 한나절이라도
틈을 만들어 일정에 무리가 가지 않
는다면 빠뜨리지 말고 꼭 다녀 보기
를 추천합니다. 슬로바키아 외곽에
서 잠시 망설였습니다. 곧장 체코로
넘어가서 독일로 들어갈까. 아니면
여기에서 1시간 거리인 오스트리아
의 빈으로 갔다가 동부 알프스를 잠
시 돌아보고 로맨틱가도를 달려서
뮌헨으로 넘어갈까.

이런 망설임이 내 여행의 가치입니다.

가고 싶은 곳으로 가고, 가고 싶을 때 가는……

"소탈함이 매력인 유럽의 작은 나라."

어떤 이는 길바닥 맨홀의 이 청동상이 도시의 가장 명물이라고 합니다.
그냥 재미있는 사진을 찍어보려고 했는데 모두들 따라하기 시작했습니다.

여행을 떠날 때는 잘 드는 가위 하나를 가지고 가시길 바랍니다.
미움이 생기면 그 미움 싹둑 끊고, 욕심이 생기면 그것도 끊어버리고.

잘 붙는 풀도 하나 챙겨서 믿음이 떨어지면 다시 그 믿음 붙이고
정이 떨어지면 주워다가 야무지게 붙이시길.

# 08 체코 ——— 유럽의 한가운데

CZECH

"천년의 역사, 그리고 프라하의 봄"

프라하성의 성 비투스 대성당

체코, 역사의 한복판

슬로바키아에서 체코로 넘어오는 곳에도 별다른 검문소가 없었습니다. 다만 주유소 매점에서 고속도로 통행을 위한 체코의 열흘짜리 비넷을 10유로 주고 구입해 앞 유리창에 붙였습니다.

유럽 대륙 한가운데, 내륙에 자리한 이 나라에는 해안선이 없습니다. 바다 대신 독일, 폴란드, 오스트리아 등 강대국들에 둘러싸여 있습니다. 지도를 보면 "이 나라도 참 많이 싸웠겠구나." 하고 금방 알 수 있습니다.

그렇기 때문에 역사의 산 증인이기도 합니다. 2차 세계 대전은 독일이 폴란드의 바르샤바를 기습 폭격하면서 시작되었는데, 폴란드의 이웃인 체코는 독일의 공습을 거의 받지 않았다고 합니다. 히틀러가 체코의 훌륭한 공업 기반 시설을 자기네 군수 물자를 생산하는 기지로 활용하려고 꾸미고 있었기 때문입니다. 덕분에 제2차 세계 대전의 전쟁 피해를 거의 입지 않은 체코 경제는 공업을 중심으로 종전 후 기계류와 무기류, 기타 철강 소비재를 수출하며 호황을 구가하게 됩니다.

GO!

▲ 화약탑. 이곳에서 구 시가지를 지나 프라하성까지 가는 길을 '왕의 길'이라고 합니다.

## 천년 고도 프라하

우리는 프라하Praha라고, 영어로는 프라그Prague, 독일어로는 프라크 Prag라고 합니다. 어떻게 부르건 상관없이 많은 여행전문가들이 동유럽에서 가장 아름다운 도시라고 입을 모읍니다.

프라하 관광의 하이라이트인 구 시가지를 찾았습니다. 11세기에 도시의 모양을 갖추었다는 이곳은, 도시 전체가 1992년에 '프라하 역사지구'로 지정 되었습니다. '구 시청사'라고 하면 현지인들도 잘 모르고 천문 시계탑이라고 해야 알 정도로 이 시계탑이 유명한 곳입니다. 시계탑은 매 정시마다 아름 다운 종소리와 함께 시계 옆의 작은 창이 열리고, 성경의 12사도 조각상이 시계 주위를 회전합니다. 단지 몇 초에 불과한 작은 움직임입니다만 그 몇 초의 움직임을 보려고 사람들이 구름처럼 모여듭니다.

시침, 분침, 초침 말고도 뭐가 저리 복잡할까 자세히 봅니다. 시간 표시 외에도, 일출, 일몰, 월출, 월몰까지 표시되어 있습니다. 설명해 주는 이 없 어 한참동안 지켜보고서야 겨우 이해가 되었습니다. 1400년대 초, 만든 지 600년이 지났으나 처음 형태 그대로 작동되고 있다고 하니 내 눈으로 보면 서도 도무지 믿을 수가 없습니다.

이 천문시계가 만들어진 뒤, 복제품을 만들지 못하도록 시계를 만든 장인 을 아예 죽여 버렸다고 합니다. 그걸 모르고 보았을 땐 세계에서 하나 뿐인 시계를 보는 기쁨이 있었는데, 알고 나니 600년 전의 일이라지만 참 애잔합 니다.

시계탑 위에서 프라하 시내를 내다보는 풍경은 한마디로 장관입니다. 고층건물이 없으니까 시야를 가리지 않습니다. 시원한 스카이라인 아래로 역사와 전통이 고즈넉히 담겨 있는 나즈막한 건물들이 지평선까지 사방으로 펼쳐져 있습니다. 하지만 똑같은 모양의 건물도, 똑같은 색상의 건물도 찾아볼 수 없습니다. 비슷한 듯 하면서도 각기 개성이 분명한 건물들입니다. 시계탑에서 내려다보면 인산인해를 이룬 모습도 장관입니다. 정시마다 이렇게 사람들이 모여주니 덩달아 소매치기들도 많을 수 밖에 없습니다. 모쪼록 프라하에 오면 지갑 조심하길 빕니다. 멋지게 차려 입은, 숙소 오너 영감님도 몇 번이나 당부했습니다.

"프라하엔 소매치기가 버글버글하니 조심할 것.
환전은 은행가지 말고 시내의 환전소에서 할 것.
높은 환율 준다는 길거리 환전은 사기치는 놈 많으니 속지 말 것.
주의 사항을 분명히 말했으니 멍청하게 당하고 나서 체코를 욕하지 말 것."

## 유럽에서 가장 아름다운 프라하 성

프라하에 나흘간 머물렀습니다. 프라하 성의 놀라운, 멋진 모습을 보려고 매일 찾아와 보았습니다. 이 성만 보고도 체코의 옛 영화는 지금보다 훨씬 대단했음을 알 수 있었습니다. 프라하 성은 궁전과 교회, 성당이 한 건물에 사이 좋게 공존하고 있습니다. 체코를 대표하는 국가의 상징물이며, 여러 방면에서 유럽에서 손꼽히는 성입니다.

9세기 말부터 공사를 시작하여 무려 900년 동안 공사가 이어지다 보니 건축 양식도 시대 조류에 따라 최초엔 로마네스크 양식으로 시작하여 고딕 양식도 추가되고 르네상스 양식도 가미되어 복잡 미묘합니다. 흔히 '천 년의 역사'라는 말을 많이 합니다. 프라하 성에는 실제로 천 년이 넘은 건축물도 있습니다. 이 도시에서 300년쯤은 아직 '애기'급입니다.

프라하 시내 어디에서도 보이는 이 성은 정교한 조각, 높이 솟은 첨탑, 화려한 장식, 다채로운 색채, 많은 박물관 등 내부에는 중세의 예술품이 가득 차 있고 외부에는 귀중한 건축 양식과 장식이 넘쳐나는, 진정 프라하의 보물이었습니다. 성에서 내려오는 돌계단에도 천 년의 역사가 고스란히 담겨 있습니다. 발걸음이 아쉬워 뒤를 돌아 골목길 양쪽으로 늘어선 건물을 보니 마치 중세로 되돌아 간 듯, 주차된 자동차만 없다면 중세의 프라하에 온 듯 착각할 정도입니다.

▼ 프라하 성에서 내려다보는 프라하

▲ 성에서 내려오는 돌계단

◀ 공사 중이라 입장이 금지된 프라하 성의 성 비투스 대성당

알고 보면 가까운 나라, 체코

　흔히 맥주 하면 독일 맥주를 최고로 치지만 세계에서 맥주 생산량이 가장 많은 나라는 체코입니다. 우리 귀에 익은 '버드와이저'도 체코의 맥주 회사입니다. 체코는 유리의 원료인 규석도 풍부하여 13세기부터 크리스탈 산업이 발전했습니다. 이 유리의 투명도를 높이는 데 사용되는 탄산칼륨이 풍부하여 프라하는 일찍부터 유럽 유리 공예의 중심지가 되었습니다.

체코는 몰라도 '스와로브스키'는 압니다. 사실 스와로브스키는 생산보다 판매로 이름이 널리 알려진 회사입니다. 남대문 시장의 액세서리 전문업자들은 스와로브스키보다는 체코의 다른 브랜드 제품을 더 많이 애용합니다.

이런 공업적 사실외에 예술 문화적 측면에서도 체코는 유럽의 강국입니다. 모차르트는 자신의 음악을 가장 잘 이해하는 곳이 이 도시라고 늘 좋아했다고 합니다. 매년 5월과 6월에 열리는 체코 최대의 음악축제도 '프라하의 봄'이라고 불립니다. 작곡가 드보르작도 이 나라 태생입니다. 그는 체코의 전통 민속 음악의 멜로디와 리듬을 기반으로 많은 곡을 만들었습니다. 특히 '슬라브 춤곡', '신세계 교향곡' 등은 세계인의 사랑을 받고 있습니다.

프라하를 가로지르는 빌티바 강

# 09 독일 ——— 유럽의 중심에서 세계의 중심으로

뷔르츠부르크 레지덴츠 궁전

"농업, 공업, 상업을 총망라하는 탄탄한 저력."

GERMANY

# 09
# GERMANY

▲ 독일의 작은 마을에서 발견한 귀여운 친구들

_____ 여유로운 독일의 입구

독일과 체코의 국경을 넘었습니다. 이정표가 없었다면 독일에 입국한지
도 모르고 그냥 달렸을 정도로 아무런 표시가 없습니다. 그만큼 두 나라가
친하다는 반증이기도합니다.

복잡다난한 역사를 지닌 이 나라는 예부터 지방분권제의 전통으로 각 지
방의 고유 문화를 균형있게 유지하며 발전해 왔습니다. 10여 년이 넘도록
총리직을 수행하고 있는 앙겔라 메르켈의 지휘 아래, 유럽의 중심에서 세계
의 중심으로 도약하고 있는 나라이기도 합니다.

작은 농촌 마을로 들어서 잠시 차를 세웠습니다. 어느 농가에 녹슨 철제
드럼통과 양동이, 못쓰게 된 농기구 등을 이용하여 만든 여러 동물들의 조
형물이 너무나 훌륭한 모습으로 정원을 지키고 있습니다. 다른 어떤 집은
알록달록 색칠한 흙인형들로 예쁘게 꾸며져 있었고, 또 어떤 정원에는 나무
조각상이 기분 좋을 만큼 편안하게 자리잡고 있었습니다. 정원에 만발한 화
초와 더불어 예술성과 정신적인 여유를 느낄 수 있었고, 지저분한 곳이라고
는 전혀 찾아 볼 수 없을 정도로 잘 정돈된 마을의 모습에서 부러움이 한껏
일었습니다. 시골의 작은 마을에서부터 독일의 탄탄한 저력을 실감할 수 있
었습니다.

## 아름다운 종교의 도시, 뷔르츠부르크

계속 달려 곧장 뷔르츠부르크Wurzburg로 왔습니다. 문헌상으로는 8세기경부터 이곳에 도시가 만들어졌다고 하지만 기원전 10세기, 그러니까 지금으로부터 3,000년 전에 켈트족이 살았던 흔적이 있는 이 뷔르츠부르크에는 다른 유럽의 도시들과 마찬가지로 교회와 성당, 광장 들이 도시 곳곳에 자리하고 있고, 그런 곳마다 동상과 조각상을 비롯한 수많은 예술 작품들이 구석구석 널려 있습니다.

인구는 13만 명 정도에 불과하고, 면적 또한 인근 도시보다 넓지 않지만 오랜 기간 주교가 성주 역할을 겸하면서 다스릴 정도로 종교적 영향력이 큰 도시였습니다. 그래서 시내 곳곳에 문화재로 지정된 걸출한 건축물이 많습니다. 가장 대표적인 건물이 레지덴츠 궁과 마리엔카펠 교회입니다.

1719년 착공하여 40년만인 1759년에 완공된 이 궁을 찾은 나폴레옹은 유럽에서 가장 아름다운 주교의 거주지라고 평가했다고 합니다. 2차 세계 대전 때 파괴된 후 복구되었으며 당연히 유네스코 세계문화유산에 등재되어 있습니다. 이곳에서는 매년 6월에 모차르트 음악회가 개최된다고 합니다.

구 시청사 입구에 설치된 작은 조형물들이 눈길을 끌었습니다. 무척 섬세한데 예술 작품 같지는 않아 이게 뭘까 자세히 살펴보니 시각 장애인을 위한 미니어처입니다. 안내인의 설명을 들으면서 이것을 만지며 촉감으로 건축물의 전체 구조를 이해하는 용도였습니다. 다녀보니 독일의 거의 모든 유적지와 관광 명소에, 크기는 작지만 의미는 거대한 이 시설물이 있었습니다. 참 훌륭한 아이디어이며 좋은 배려입니다.

◀ 레지덴츠 궁

마리엔카펠 교회 ▶

◀ 시각장애인을 위한 건물 미니어처

사실 뷔르츠부르크로 바로 온 이유는 이곳에서 3년째 공부중인 장남을 만나기 위해서입니다. 어려서부터 음악에 재주를 보인 아이입니다. 가진 것 없는 주제에 빨리 망하는 지름길이 도박을 하거나 자식 예능 공부를 시키는 것이라 했던가요. 그래도 나는 원하는 걸 공부하지 못해 가슴에 못이 박혔으니 자식 하나쯤은 좋아하는 걸 시키고 싶었습니다.

하던 일이 힘들어져 지원이 어려웠지만 어려운 환경에서도 늘 좋은 성적을 받아와 부담을 덜어주던 아들이었습니다. 제 힘으로 한국에서 음대를 졸업하고 이곳으로 건너왔고 이제 대학원 과정을 마칩니다. 아비의 눈에도 노력하는 게 보일 만큼 했으니 모두 제 복이고 운이라고 생각합니다. 독일에서도 큰 애 덕에, 학교 측의 배려를 얻어 기숙사에 머물게 되었습니다.

## 마리엔베르크 성, 아니 요새

포도가 싱그럽게 자라고 있는 가파른 비탈을 걸어 마리엔베르크 요새에 올랐습니다. 이곳은 원래 군주가 머무르던 성이었으나 군주가 지역의 주교를 겸하게 되면서 시내의 뷔르츠부르크 성에 거주하게 되자 '성'에서 '요새' 급으로 지위가 격하되었다고합니다. 때문에 어느 시절에는 성과 앙숙 관계가 되어 끊임없이 다투기도 했다고 합니다. 요새가 되어 병영과 창고로 쓰였다고 하나 구석구석에서 종교와 관련한 깊은 신앙심을 느낄 수 있을 만큼 종교색채의 부조와 조각들이 많습니다. 성에서 내려다보는 시내의 모습은 날씨가 맑아 하늘만 푸르다면 정말 한 폭의 그림이 따로 없을 정도입니다.

## 500년 유럽의 희생자 하이델베르크 성

프랑크푸르트에서 차로 한 시간 거리인 하이델베르크는 독일에서는 드물게 2차 세계 대전의 피해를 별로 입지 않은 도시입니다. 하지만 역사적으로 비극과 낭만이 함께 뒤섞여 있는 곳이기도합니다. 이 도시의 역사에서 가장 어두운 상처는 이곳이 나치의 본거지였다는 사실입니다.

하이델베르크에 왔으니 당연히 하이델베르크 성에 오릅니다. 급경사를 오르내리는 '푸니쿨라'라는 이름의 비탈차 왕복권을 구입해서 타고 올라갔는데 다니다 보니 저절로 걸어서 내려왔습니다. 편도 환불도 안됩니다. 비싼 돈 들여 2분도 안 걸리는 이거 타지 말고 멋진 도시 풍경을 내려다보며 그녀 손잡고 즐겁게 걸어가세요.

성의 발코니에서 내려다보는 이 도시의 모습도 참 멋집니다. 눈에 거슬리는 고층건물이 없고, 푸른 숲과 강이 조화롭게 배치되어 있습니다.

『레미제라블』의 작가 빅토르 위고는 이 성을 돌아보고 이렇게 말했습니다.

"이 성은 지난 500년간 유럽을 뒤흔든 모든 사건의 희생자이다.

그리고 그 무게 때문에 무너졌다."

그 말대로, 이 성은 유럽을 짊어지고 폐허가 되어 있습니다.

 강 건너 강변 숲속 도로가 바로 그 유명한 철학자의 길입니다. 하이델베르크 대학의 교수였던 헤겔, 괴테, 하이데커 등등의 쟁쟁한 철학자들은 이 길을 걸으며 사색하며 철학을 음미했다고 합니다. 사색해 보려고 걸었으나 무지렁이 주제에 사색이 될 리가 없습니다. 좌우의 즐비한 고급 주택만 눈에 들어옵니다.

## 충격적인 독일의 사우나 문화

며칠 전부터 등 근육에 통증이 있습니다. 이럴 땐 뜨거운 탕에 담그는 게 경험상 최고입니다. 60km 정도의 거리에 테마 온천 휴양소가 있다는 소리에 만사 젖혀두고 온천으로 향합니다.

여행을 떠나 100여 일 만에 온천에서 사우나를 했습니다. 아니, 솔직히 말하자면 제대로 사우나를 하지 못했습니다. 한국의 여느 테마 온천처럼 샤워장도 있고, 수영도 할 수 있는 따스한 온천 풀장도 있었습니다. 문제는 사우나입니다. 신선한 문화충격을 받았습니다. 사우나 안이나 울타리 안의 작은 풀장에서 실오라기 하나 걸치지 않고도 너무나 태연한 그들 앞에서 눈 둘 곳을 찾지 못해 쩔쩔매는 내 자신을 발견했습니다.

좋은 여행이란 바로 이런 것입니다. 낯선 곳에 가서, 낯선 사람을 만나고, 내 불편을 감수하면서 낯선 문화를 경험하고, 그 문화와 풍습을 이해하고, 내 것의 소중함과 가치를 깨닫고, 내 것의 부족함과 모자람을 인식하는 계기를 삼는 것이 진정한 여행의 가치라고 생각합니다.

독일의 사우나를 꼭 맛보기 위하여 비싼 비행기삯을 서슴없이 지불하면서 오실 분들을 위한 팁입니다. 아이들은 데리고 오지 마세요. 우리 정서상 무척 불편해질 수 있습니다. 그녀랑 둘이 오시길 권하겠습니다.

## 아름다운 물의 도시 밤베르크

독일의 남부, 바이에른 주의 밤베르크Bamberg로 가기 위해 고속도로를 탔습니다. 여름휴가 피크라 밀려드는 피서 행렬로 북새통입니다. 세계 제일이라는 자동차 전용 고속도로인 아우토반도 교통 체증에는 어쩔 수 없습니다.

체증을 빌미 삼아 다음 톨게이트에서 일반 도로로 내려와 한적한 시골길을 달렸습니다. 맑은 공기, 잘 정돈된 마을과 도로. 뭘 심어도 잘 자랄 듯한 비옥한 농지. 평화로운 농촌 풍경은 독일의 어느 지방을 가도 쉽게 볼 수 있습니다. 농업 국가이면서도 공업 국가이기도 하고 무역 규모 세계 1위니까 상업 국가이기도 하고. 부럽기도하고, 너무 잘나가니까 얄밉기도 하고. 독일을 보고 느낀 솔직한 내 마음입니다.

밤베르크는 흔히 독일의 베네치아라고 불리는 도시입니다. 이곳도 여느 독일의 관광지답게 관광객이 도심을 가득 메우고 있습니다. 독일에서 가장 맛있는 흑맥주를 생산한다는 자부심이 대단한 이 도시에 왔으니 가장 유명하고 맛있는 집을 소개받아 찾아 갔습니다. 입구가 비좁은 건물이지만 실내의 넓이는 상상한 크기를 훨씬 초월합니다.

맥주를 한 잔하고 대낮에 붉은 얼굴을 하고서 밤베르크의 자랑인 성 게오르그 대성당을 찾았습니다. 1012년에 신축했는데 화재도 두 번 있었고, 천년의 세월을 맞으며 17세기에는 바로크 양식으로 치장했다가 1837년, 몇 년간의 공사 끝에 로마네스크 양식으로 바뀌어 오늘에 이르고 있다고합니다. 지금도 대대적인 외부 공사 중이었습니다. 사람도 매일 옷을 갈아 입어야 하는데 이런 훌륭한 건물이니 세기에 한 번쯤은 치장을 다시 해야 겠지요.

## 구텐베르크의 고향, 마인츠

프랑크푸르트 인근에 위치한 마인츠Mainz는 그야말로 유구한 역사를 자랑합니다. BC 13년 로마시대에 이곳에 성채를 건설했다는 기록이 있습니다. 발음 하기도 힘든 라인라트팔츠 주의 주도입니다. 인구 20만도 안 되는 조그마한 도시지만 화학과 유리제품, 광학기기, 인쇄와 인쇄기계 등의 중심지로 유명합니다. 이 도시는 몰라도 이 도시 태생인 구텐베르크의 이름을 들어 보았을 것입니다. 서양 사람 기준으로는 이 양반이 세계 최초로 금속활자를 만들었습니다.

시 중심부의 주차장에 차를 세워 두고, 마인츠 돔이라고도 불리는 마인츠 대성당으로 걸어갔습니다. 성당의 스테인드 글래스가 참 정갈합니다. 많은 성당의 그것과는 달리 이곳 스테인드 글래스는 형형색색의 여러 가지 색감이 아니고 파랑색을 기본으로 한 블루계열만으로, 정갈하고 신비로운 분위기를 자아내고 있습니다. 늦은 시간이라 글래스 뒷편에 광량이 모자라 더 멋진 광경을 볼 수 없어 무척 아쉬웠습니다.

독일 북부의 대도시 함부르크Hamburg에 들렀다가 북쪽으로 올라갑니다. 지방도로를 이용해 북쪽으로 달리다 보니 길이 끊어지고 해협이 등장하는 일이 잦아졌습니다.

몇 개월 째 세 명이 타고 온 차에 네 명이 타고 달립니다. 북유럽 여행에 장남이 합류했습니다. 대학원을 마치고 최고연주자과정이 시작될 때까지의 며칠 여유를 당연히 가족과 함께합니다. 뒷자리에 가득 실린 짐 말고도 사람이 네 명이나 타고 무겁게 달리니 차에게 미안한 생각이 들었습니다. 하지만 모두 가족이니, 여기까지 오며 자동차에서 또 다른 한 명의 새 식구로 승화된 이 차도 기쁜 마음으로 즐겁게 잘 달려 주리라 믿습니다. 덴마크와 스웨덴, 노르웨이와 핀란드를 주마간산이 아닌 주차간산 식으로나마 함께 보고 올 예정입니다. 덴마크로 가고 있습니다.

여행의 목적은 결국 '사람'입니다.
누구와 가느냐가 가장 중요합니다.
그런 점에서 당연히 사랑하는 사람이 1순위입니다.

# 10 덴마크 —— 풍요로운 동화의 나라

"순박한 모습의 덴마크인들"

DENMARK

# 10
# DENMARK

_____ 덴마크가 선택한 삶의 방식

여행을 떠나기 전인 지난 겨울의 어느 날, TV에서 자전거를 타고 다니는 덴마크 의원들의 이야기를 다룬 방송을 아주 인상 깊게 보았습니다. 국회의원이면서 보좌관도 없이, 기자에게 직접 커피잔을 전해 주면서 자기도 국민의 한 사람이기 때문에 특혜를 받을 수는 없다고 말하는 장면을 지금도 생생히 기억합니다.

덴마크 의회는 7~8개 정파가 경합하고 있지만, 지난 30년 동안 단 한 번도 파국이나 파행을 한 적이 없다고 합니다. 믿기 어렵지만 더욱 놀라운 것은 본회의장에서 소리 지르고 손가락질을 한 적도 없었다고 합니다. 상대를 인정하고 존중하고 배려하는 문화가, 또 그렇게 함으로써 상대에게도 존중받는 문화가 평소의 생활에서 실천해 온 결과라고 생각됩니다.

▲ 장이 열리고 있는 덴마크의 어느 시골

덴마크는 우리 국토의 절반도 안되는 넓이에 약 540만 명의 인구가 고루 분포되어 살고 있습니다. 우리와는 달리 산지가 거의 없는 나라이고 전 국토가 사람이 살 수 있는 비옥한 땅인데도 비교할 수 없이 한적합니다. 국민들은 세계 최고의 생활 수준을 영위하면서도 순박하고 근검절약을 실천하며 살고 있습니다. 우연히 들린 시골의 벼룩시장에서는 정말로 인근 주민들이 직접 가져온 물건만으로 장이 이루어지고 있었습니다. 직접 경작한 농산물이나 식품, 헌 옷, 낡은 장난감, 신발, 그릇…. 자기에게 불필요해지거나 싫증이 난 물건들을 팔거나 다른 물건과 교환하는 모습을 볼 수 있었습니다.

북해에서의 지지않는 하룻밤

덴마크와 접하고 있는 북해에 다달았습니다. 뉘보르Nyborg에서 셀란 섬을 잇는 다리가 보이는 캠핑장에서 하루를 머물렀습니다. 밤 9시가 넘어서야 석양이 지기 시작합니다. 여름 밤 8시 쯤이면 어두워지는 데 익숙한 우리네에게는 이것도 고역입니다. 저녁 식사를 마치고 나와도 밖이 환하니 늦은 점심을 먹은 듯하기도 하고. 잠들기 전에 간식을 찾기 일쑤이니 아랫배만 자꾸 나오고 있습니다.

여행을 떠나와 30,000km 넘게 달려오니 차량 하체의 고무 부품들이 경화되고 마모되어 잡소리가 나기 시작했습니다. 스칸디나비아 반도로 넘어갈 채비를 하면서 독일의 랜드로버 대리점에서 몇 가지 하체 부품들을 교환했습니다. 자동차는 소모품으로 구성되어 있기 때문에 제때 정비를 잘 해주면 20년 정도는 쉽게 탈 수 있다는 게 평소의 내 생각입니다. 상황이 상황인지라 정비를 자주 못해 줘서 미안할 따름입니다.

그래도 이 차는 "주인을 잘못 만나 아주 생고생을 하고 있습니다."라고 하기보다는 "주인을 잘 만난 덕분에 즐겁게 세상구경을 하고 있습니다."라고 하는 게 정확한 표현이 아닐까 생각합니다.

## 왕이 사는 도시, 코펜하겐

코펜하겐Copenhagen 시내에 들어왔습니다. 유럽의 오래된 도시들은 시가지 중심부에 곡선 도로가 많고 노폭이 좁아 일방통행 구역이 아주 많습니다. 그런데 여기 코펜하겐은 굽은 도로는 별로 없는데 일방통행이 많은 듯합니다. 주차장을 찾아 헤매다가 시청광장까지 왔습니다. 차 지붕 위의 짐 덕분에 지하 주차장에는 공간이 있어도 진입을 할 수 없으니 이럴 때 답답합니다.

주변을 돌다가 발견한 시청사 첨탑의 천문 시계가 재미있습니다. 27년에 걸쳐 만들었으며, 100년 동안 1/1000초의 오차만 생긴다고 합니다. 누가 100년 동안 이 시계를 잘 지켜보고 이게 사실인지 거짓인지 확인해 주면 좋겠습니다.

덴마크는 유럽의 왕가들 중 가장 오랫동안 왕조의 전통을 이어오고 있는 나라입니다. 다음 왕위를 이어받을 프레데리크 세자가 실제로 이곳 코펜하겐의 크리스티안보르 궁전에 살고 있다고 합니다.

박물관으로 사용되고 있는 크리스티안보르 궁전 건물 안에 들어가보았습니다. 상상한 것보다 훨씬 검소하고 간결한, 왕족들의 식탁이 그대로 비치되어 있었습니다. 촛불을 밝히고, 화병의 꽃내음을 맡으며, 실내악 연주를 들으며 식사를 한다면 아무리 맛없는 음식이라도 맛깔나게 먹을 수 있을 것 같습니다. 두세 번 쯤은.

"천장을 떠받치고 있는 기둥의 조각상들은
하나같이 힘겨운 표정이라 애처로운 마음이 들었습니다."

## 안데르센 동화 속 풍경

　덴마크 관광 엽서와 안내 책자에 가장 자주 등장하는 장소, 니하운 운하를 찾아갔습니다. 1671년부터 2년 동안 바다와 연결하기 위해 군인들이 생고생 해가면서 파낸 300여 m 길이의 운하입니다. 이곳에서 안데르센이 거주하면서 많은 동화를 써 내며 명성을 높였고, 유명인이 된 후 노년을 이곳에서 보냈다고 합니다. 파스텔톤의 형형색색의 옛 건물들이 그의 동화처럼 예쁘게 자리하고 있습니다.

GO!

'세계 3대 황당 관광'이라는 것이 있습니다. 코펜하겐의 인어공주, 독일의 로렐라이 언덕, 벨기에 오줌싸개 동상이 바로 그것입니다. 그 첫 번째인 인어공주 조각상이 이곳에 있습니다. 사랑하는 사람을 위하여 목소리까지 팔아서 인간이 되었는데 왕자는 다른 여자와 결혼해 버렸습니다. 망연자실해서 자살해 버리는 인어공주 이야기를 보고 어린 마음에도 이해하기 힘들었습니다. 물론 지금도 공감할 수 없지만 말입니다. 와서 보는 사람들은 모두 실망하고 돌아가지만 어쨌든 코펜하겐에 와서 이걸 보지 않고 그냥 가는 사람도 없다고 합니다.

전해 듣거나, 책이나 방송에서 겨우 보다가 실제로 여기 와서 직접 내 눈으로 보니 도시 전체, 나라 전체가 디자인입니다. 서울은 언제부터인가 한 집 건너 식당 아니면 커피숍, 술집 아니면 편의점으로 변해 버린 듯 한데, 여긴 한 집 건너 인

테리어와 관련 가게입니다. 과연, 건축과 디자인 분야에서 세계 시장에 가장 큰 영향을 끼치고 있는 나라답습니다.

덴마크에서 스웨덴까지, 52유로

길옆으로 기차가 나란히 달리고, 차가 내리막길을 달리는가 싶더니 금방 터널 안으로 들어갑니다. 한참을 더 내려가서야 해저 터널 안을 달리고 있다는 걸 깨닫습니다. 바닷물이 들어오면 어쩌나 걱정하던 차 다시 오르막이 시작됩니다. 스웨덴으로 건너가는 다리입니다. 한 번 건너는 데 통행료가 52유로, 우리 돈 6만 원쯤입니다. 내 생애 최고로 비싼 통행료를 지불하고서야, 내 생애 처음으로 스웨덴으로 들어갑니다.

▲ 외레순 대교 통행료

캄캄한 터널을 달리기를 한참,
드디어 빛이 보이고 땅 위로 올라옵니다.

아니, 땅이 아니라
바다 한가운데 놓여있는 다리 위를 달립니다.

# 스웨덴

겨우 천만 명도 안되는 인구가 우리의 4.5배나 되는 넓은 땅에 살고 있습니다. 그냥 넓기만 한 땅이 아닙니다. 지상은 대부분 비옥하고 지하는 각종 자원으로 풍부한 땅입니다.

꿈속처럼 몽롱한 멜로디의 '페르난도Fernando.' 연꽃 잎에 빗물이 튀듯 밝고, 맑은 '치키타타Chiquitita.' 가을바람에 흔들대는 커튼 같은 '안단테 Andente.' 이쯤이면 아셨을 겁니다. ABBA! 바로 이 나라 출신의 밴드였습니다. '밴드였다'고 표현하는 것은 지금은 아니라는 뜻입니다. 지나치게 과중한 세금 때문에 국적을 옮겼다는 얘기를 들었습니다. 발칙, 맹랑하던, 그러나 순수했던 그 말괄량이 삐삐도 이 나라의 창작물입니다.

▲ 트렐레보리 성당

"발칙 맹랑한 그러나 순수한 삐삐의 나라."

▲ 스웨덴의 해안선 길이는 4,000km나 됩니다.

# 11 노르웨이 —— 유럽속 최고의 자연

베르겐 시가지

"달리다가 차를 세우고 셔터만 누르면 엽서 사진이 나옵니다."

NORWAY

# 11
# NORWAY

▲ 자연을 중시하는 나라답게 트램길도 잔디로 뒤덮여 있습니다.

GO!

_____ 자연 그대로, 노르웨이

'북쪽으로 가는 길'이라는 이름처럼 노르웨이는 국토 절반 이상이 북극권에 속해 있습니다. 그래서 4월부터 7월까지는 백야로 종일 밝다고 합니다.

노르웨이는 9세기부터 바이킹의 나라였다고 합니다. 말 번드르 좋게 해서 바이킹이지 바다에서 노략질을 일삼았다는 이야기입니다. 국토 대부분이 험준한 산악 지대인데다 해풍이 따스한 해안 지역이 그나마 살기 좋았으나, 겨울엔 종일 어둡고 추워서 바다를 타고 늘 다른 곳으로 뛰쳐나갔습니다. 그래서인지 노르웨이 자연은 사람의 손이 닿지 않은 그대로입니다.

중앙아시아의 파미르를 여행하면서 세계 각지에서 온 수많은 여행객을 만났습니다. 우리랑 달리 대다수가 여행 전문가 급인 그들에게 가본 여행지 중에서 어디가 좋았냐고 물으면 거의 대부분, 사람과 도시는 '이란'을 자연은 '노르웨이'를 으뜸으로 꼽았습니다. 과연 노르웨이의 자연은 굉장합니다. 달리다가 그냥 안전한 곳에 차를 세우고 구도를 잘 잡은 다음 셔터만 누르면 OK입니다.

## 소탈한 거리, 오슬로

오슬로Oslo에서 잡은 숙소에서 시내 중심까지는 약 3km입니다. 늘 그랬듯이 오늘도 시가지를 걸어 다닙니다. 이렇게 직접 걸어가면서 보고 느끼는 도심 여행이 훨씬 편안하고 정겹습니다. 이런 데서 사람 사는 냄새를 느낄 수 있습니다. 이 건물은 몇 년도에 누가 지었고 역사가 어떻고… 이런 것 보다 차도 가장자리에 똑같은 색의 꽃화분으로 자전거 도로를 구상한 사람은 누구인지, 그것이 언제부터였는지. 그런 소박한 궁금증을 가지고 여행을 할 수 있습니다.

노르웨이의 정식 국가명칭은 '노르웨이 왕국The Kingdom of Norway'입니다. 하랄 5세 국왕이 다스리는 입헌군주국입니다. 국왕의 공식 관저이기도 한 왕궁 입구에 보초가 부동자세로 서 있습니다. 왕궁의 보초는 언제 보아도 멋있습니다.

하랄 5세 국왕의 관저는 여타 유럽 국가의 궁에 비하면 소탈하다 못해 초라하다고 할 정도로 검소한 외양입니다. 실제 국왕이 거주하고, 집무하고 있습니다. 그럼에도 최근 정문과 담장을 헐고 개방하여 일반인에게 휴식공간을 제공하고 있다는 사실이 내 눈으로 보고도 믿기지 않습니다.

인간의 삶을 담은 프로그네르 공원

이튿날 이른 아침에 여장을 챙겨 길을 나섰습니다. 오랫동안 가슴에 새겨
둔 곳을 드디어 가본다는 기대감에 밤을 설쳤습니다. 단숨에 프로그네르 공
원로 갔습니다.

구스타브 비겔란은 노르웨이가 자랑하는 세계적인 조각가입니다. 죽기
전에 자신이 일생 동안 만든 작품들을 오슬로 시에 기증하겠다는 의사를 표
시했습니다. 시 당국은 기꺼이 그와 그의 작품들을 전시하기 위한 공원을
만들 것을 결정하고 모든 것을 그에게 일임했습니다. '프로그네르 공원'으
로도 불리는 이 공원은 그런 멋진 화합으로 만들어졌습니다.

공원의 랜드마크인 심술쟁이 소년상.
'오줌싸개 소년'이란 애칭으로 더 많이 불린답니다. ▼

공원 곳곳에는 청동과 화강암, 주철 등을 재료로 만든 다양한 작품들이 전시되어 있습니다. 늙은 조각가가 임종을 앞두고 만든 작품답게 대부분이 인간의 삶과 죽음, 사랑과, 희노애락을 주제로 만들어졌습니다. 때문에 나 같은 문외한도 쉽게 작품의 의미를 수긍하고 크게 공감할 수 있었습니다.

가장 놀라운 작품은 공원 중앙의 탑 '모놀리트'입니다. 약 17미터 높이의 화강암으로 된 작품입니다. 멀리서 보면 그저 큰 기둥처럼 보이지만 121명의 남녀 군상들이 뒤엉켜 고통과 괴로움에 몸부림치는 모습들이 실제 사람의 모습인 양 생동감 넘치게 조각되어 있습니다. 고통을 견디며 정상으로 올라가려고 애쓰는 군상들을 한참이나 쳐다보고 있자니 많은 느낌, 많은 생각들이 교차되었습니다.

오슬로에 오면 꼭 보겠다고, 아니 이 조각상을 보기 위해 오슬로만큼은 꼭 가겠다고 진작부터 다짐을 했었습니다. 오랫동안 기대해 온 이상으로 큰 감동으로 받았습니다. 이런 감명과 행복감을 주는 예술가들에게 정말 감사를 드리고픈 심정입니다.

## 삼겹살 만찬, 요트에서의 하룻밤

　오후 늦은 시간에 비에 흠뻑 젖어 베르겐Bergen에 도착했습니다. 스칸디나비아 반도 북부에서 제일 큰 도시인 베르겐에서는 특이한 숙소를 정했습니다. 수십 번씩 미쳤다는 소릴 들으며 여기까지 온 김에 그렇게 소원했던 요트를 한 번 타보기로 작정하고 하룻밤 빌렸습니다. 선실의 주방에서 노르웨이산 삼겹살을 굽고, 한국에서 가져간 된장으로 찌개를 끓여 함께 저녁을 먹었습니다.

　스물아홉 살, 선주의 큰 아들은 몇 년 전 한국에서 교환학생으로 있었답니다. 다양한 언어를 섞어 의사소통을 하고 서로 묘한 인연에 탄복하며 뜻 깊은 하룻밤을 보냈습니다.

　이야기를 나누다 그가 보여준 여권에는 '조선 민주주의 인민공화국의 사증'이 붙어 있었습니다. 한 시간 거리도 안되는 곳에 사는 우리는 어지간해서는 꿈도 꾸지 못하는 곳인데 거의 지구 반대편에 사는 이 젊은이는 그런 우리를 조롱하듯 너무나 쉽게 다녀왔습니다. 내 여권에 방문국의 스탬프가 몇 배, 몇십 배나 많이 찍혀있었지만 초라해졌습니다. 살짝 서글픈 기분도 들었습니다. 비자도 여권도 필요 없이, 차표만 구하면 그곳으로 갈 수 있는 그날은 언제 올까요.

## 200만 년 동안 신들이 빚어 낸 피요르드

춥고 긴긴 겨울 내내 눈이 내립니다. 산 위에 눈이 점점 쌓이고 눈은 제 무게에 자꾸 눌립니다. 쌓인 눈덩이는 지구 중력에 의해 낮은 곳으로 움직입니다. 무거운 눈만 이동하는 것이 아니고 눈 아래 깔린 흙도 조금씩 깎이면서 낮은 곳으로 시나브로 이동합니다.

여름이 되어 기온이 상승하면 눈은 녹아 없어집니다. 눈과 빙하가 녹으면서 만들어 낸 급경사의 골짜기에 상승한 해수면이 들어와 깊고 긴 피요르드가 형성됩니다. 말은 참 엉성하고 짧게 합니다만 실제로는 200만 년 이상의 길고 긴 세월 동안 자연이 해낸 작업이라고합니다. 똑같은 하늘 아래인데 왜 우리한테는 이런 피요르드 해안을 안 주셨나요, 하느님….

절벽 아래를 왜 그리들 내려다보고 있는지 설명이 필요한가요. 절벽 끝에서 저 아래 해면까지 높이가 604m입니다. 200층 건물 옥상 난간에 걸터앉아 수직으로 주차장을 내려다보는 기분. 사람들이 우르르 서있는 절벽은 단 하나의 바위로 된 산입니다. 이 자연의 경이로움에 할 말을 잃었습니다.

지금 함께 여행하는 장남과 막내는 열살 차이가 납니다. 문득 궁금해졌습니다. 자연의 섭리에 따라, 이 녀석들보다는 분명히 내가 먼저 갈 겁니다. 언젠가 그 날이 오고 나서 이 둘은 나를 어떤 아버지로 평가할지 그게 문득 궁금해졌습니다. 열심히 사는 게, 지금은 열심히 여행 다니는 게 답이라고 자문자답해 봅니다.

이런 곳에 서면 내가 가지고 있던 고민들은
결국 티끌이라는 것을.

왜 꼭 멀리 떠나봐야 알게 될까요.

## 노르웨이에서 이룬 두 가지 버킷 리스트

노르웨이에 입국해서 바다를 몇 번이나 건넜는지를 세어보다가 포기해 버렸습니다. 다리 위로 스무 번도 넘게 건넜고, 바다 밑 해저 터널로도 스무 번 훨씬 넘게 건넜고 배를 타고 건넌 것도 몇 번인지 기억도 나지 않을 정도입니다. 배에는 다양한 곳에서 온 다양한 차들이 줄지어 있습니다. 아무리 크고, 안락하고 좋은 캠핑카라도 우리 차를 보면 고개를 숙입니다. 가면 갈수록 위풍당당해집니다.

오슬로에서 모놀리트를 보는 것, 뤼세 피요르드의 절벽에 서보는 것. 이로써 노르웨이에서의 나의 3대 버킷 리스트 중에서 두 가지를 해결했습니다. 지구별의 최북단 노드갑에 가서 오로라를 보는 것은 숙제로 남겨 둡니다. 당초의 예정대로였다면 러시아의 상트 페테르부르크에서 핀란드로 입국하여 갈 수 있었는데 이렇게 경로가 바뀐 것도 운명이라고 생각합니다. 언젠가는 노드갑에 가서 추위에 떨면서 오로라를 찍어야 할 운명이 나를 기다리고 있다고 굳게 믿겠습니다.

GO!

## 노르웨이의 '내 차들'

이곳은 경찰 바이크도 BMW의 R1200GS입니다. 눈에
띄는 형광색을 많이 사용하고, 슈베르트 헬멧, 등판 보호
대와 팔꿈치, 어깨, 무릎 등에도 보호대가 부착된 제대
로 된 랜딩 기어, 발목 부위까지 보호가 되는 바이크용
슈즈와 바이크용 전문 글러브. 얇은 흰색 면장갑을 끼
고 보호대도 없는 점퍼를 입고 무릎까지 오는 불편한 부
츠를 신고 달리는 우리네 경찰과 너무 많이 비교됩니다. 같
이 사진 한 장 찍자고 했는데 근무 중이라고 안 된다고 했습니다.

개성이 강하고, 다양한 사람들이 모여 사는 부유한
나라의 수도답게 눈이 휘둥그래지는 고급 올드카들이
놀랄만큼 자주 보입니다. 올드카는 유지하는 데 만도
꽤 많은 지출을 각오해야 합니다. 오래된 차일수록
부품 수급이나 도장문제 등 관리가 여간 까다롭지 않
기에 어마어마한 애정을 쏟아야 합니다. 이런 차를 집
에 두고 보관만 하고 있는 게 아니고 실제 거리를 운행하고
다니니 얼마나 자신감 있는 생활인지 놀랍습니다.

그린에너지에 열 올리는 선진국답게 전기
차들도 무척 많이 눈에 뜨입니다. 길거리에서 충
전중인 전기차도 자주 볼 수 있었습니다. 급속충
전기가 설치된 전용 주차장도 곳곳에 있었습니다.

소방서의 대형 견인차입니다. 엔진
오일이 새고 있는 트럭을 냉큼 업어다 가
버렸습니다. 처리하는 속도도 대단했지만
장비들도 정말 눈부셨습니다.

중간에 들린 캠핑장 관리인의 1977년산 자랑스러운 고물
차. 같은 마크가 달린 차를 탄다고, 멀리서 왔다고, 사진도
찍으며 좋은 자리 준다고 호들갑을 떨었습니다. 차라리
샤워 코인이나 하나 서비스해 주지! 1977년, 내가 고
등학교 다닐 때 세상에 나온 차가 아직도 굴러 다니니
참 신기합니다.

# 12 독일 ── 과거를 변명하지 않고 앞으로

홀로코스트 기념비

"변명하는 자에게 발전이란 없습니다"

# 12
# GERMANY

_____ 다시 독일로

보무도 당당하게 스칸디나비아 반도를 누비던 우리 차가 속병을 앓고 있습니다. 베를린의 랜드로버 서비스센터에 우선 예약을 해두고 야간 페리를 타고 독일의 로스톡Rostock으로 건너갑니다.

'한 배를 탔다'는 말이 떠오릅니다. 이 배에 함께 탄 사람들은 제각기 어떤 사연을 가지고 어떤 행로의 인생을 살아가는 지 궁금해졌습니다. 60억 인구의 사람들이 저마다 각자의 사연을 가지고 모두 바삐 살고 있습니다. 여행을 시작하고 나서부터 60억 분의 1, 그중 나는 과연 무엇인가에 대해 요즘 자주 생각합니다. 내가 내린 결론은 60억의 중심은 바로 나입니다. 내가 세상의 중심이 되어 남을 배려한다면, 사람들이 모두 그렇게 산다면 참 좋은 세상이 될 것이라고 생각해 봅니다.

독일에 도착하여 후륜의 디스크 드럼을 모두 교체했습니다. 불가사의하게 브레이크 라이닝을 고정시키는 나사들이 양쪽 다 풀려 있었습니다. 특수 공구로만 풀 수 있는 나사들인데. 만만찮은 지출 경비는 아무렇지도 않았습니다. 우리 차가 도로 한 가운데 멈추지 않은 것만으로도 천운이라고 생각합니다.

## 고동치는 독일의 심장, 베를린

베를린Berlin의 대표적인 상징물인 브란덴부르크 문은 냉전 시절 베를린 장벽의 중심이었습니다. 1961년 베를린 장벽이 세워지면서부터는 허가를 받은 사람만이, 이 문을 통해서만 동서를 왕래할 수 있었습니다. 상부에 있는 멋진 마차상이 눈길을 끕니다. 네 마리 말이 이끄는 승리의 여신 빅토리는 나폴레옹에게 빼앗겼다가 프랑스와 협상 끝에 되찾아 왔다고 합니다.

## 독일이 과거를 기억하는 법, 홀로코스트 추모비

홀로코스트 추모비 정보 센터에 들렀습니다. 나치가 어떤 방식으로 유태인을 학살했는지를, 놀랍게도 독일인의 시각에서 표현한 곳입니다. 독일은 전쟁을 통해 많은 무고한 사람을 죽였고, 행복하게 살던 사람들을 단지 유태인이란 이유만으로 수없이 학살했으며, 다시는 이런 일이 반복되어서는 안 된다는 확고한 메시지를 전해주고 있었습니다.

▲ "비 겟 에스 이넨 Wie geht es Ihnen?!"
이 조각상의 제목이자 "잘 계십니까?"라는 뜻의 이 말은 일본영화 〈러브레터〉에서 "오 겡끼
데스까?"라는 말로 모방했다고 합니다.

넓은 광장에 각기 다른 크기의 수많은 직육면체 콘크리트 조각상들이 배치되어 있고, 얼핏 보기엔 매우 단조로워 보이지만 안으로 들어가면 많은 것을 생각하게 됩니다. 크기와 높낮이가 다른 조각들은 각 개개인의 각기 다른 인생을 의미한다고 합니다.

변명하는 사람에게는 발전이 없다고 생각합니다. 잘못한 건 잘못했다고 인정하고 배상하고. 다시는 이런 일이 있어서는 안된다고 자발적으로 공개하고 스스로 먼저 사죄하며 다짐하는 독일 사람들에게 세계대전의 전쟁 책임을 따지는 사람을 근래에는 보지 못했습니다.

독일의 정치인들은 독일의 국정 진로를 결정할 때 그 결정이 장차 유럽 전체의 장래에 어떤 형향을 끼칠까 생각하면서 국정을 정한다고 합니다. 여러 면에서 참으로 배울 점이 많음을 다시 한번 깨닫습니다.

## 로맨틱가도를 달려 오스트리아로

독일 남부의 뷔르츠부르크에서 출발하여 남쪽을 향하여 계속 내려오면 약 400km 정도에 이르는 이 도로를 흔히 '로맨틱가도'라고합니다. 말 그대로 로맨틱하고 환상적이며, 그지없이 부드럽고 아늑한 드라이브를 즐길 수 있는 아름다운 도로입니다. 자동차로 독일을 여행하신다면, 또 스위스나 오스트리아로 여행한다면 꼭 이 도로를 거쳐 가시길 바랍니다.

독일에서 많은 날을 머물며 이곳저곳을 다니면서 편견 없이 독일을 느끼고 배우려 노력했습니다. 가족과 합류하여 함께 여행을 다니던 장남과도 뮌헨에서 다시 헤어졌습니다. 이제 오스트리아로 향합니다.

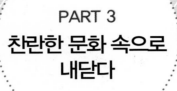

# PART 3
# 찬란한 문화 속으로
# 내닫다

LET'S
GO!

U.K. BELGIUM
AUSTRIA ·
FRANCE
SPAIN ·
ITALY ·
· HUNGARY
· ROMANIA
· BULGARIA
· GREECE

ROUTE 3. AUSTRIA ⟶ HUNGARY ⟶ ROMANIA ⟶ BULGARIA ⟶ GREECE ⟶
ITALY ⟶ SPAIN ⟶ FRANCE ⟶ BELGIUM ⟶ U.K.

"여행이란 우리가 사는 장소를 바꾸어 주는 것이 아니라,
우리의 생각과 편견을 바꿔주는 것이다"

아나톨 프랑스

# 13 오스트리아 ── 음악이 넘실대는 나라

AUSTRIA

"지금부터라도 춤을 배우고 싶어졌습니다"

잘츠부르크

# 13
# AUSTRIA

▼ 가운데 노란 건물이 모차르트의 생가입니다.

_____ 모차르트의 숨결이 살아있는 잘츠부르크

독일에서 국경을 넘어 이 도시까지는 짧은 거리지만, 들판과 길 양쪽으로 크고 작은 공장들이 줄지어 있었습니다. 과연 오스트리아는 공업 국가이며, 잘츠부르크Salzburg는 그 대표적인 공업 도시였습니다. 독일어로 '잘츠'는 소금, '부르크'는 산입니다. '소금이 많이 나는 산'이라는 뜻인데, 예로부터 소금 산지로 유명한 곳이며 지금도 인근 지역에서 생산되는 소금이 전국으로 공급되고 있다고합니다.

이 도시 출신 가운데 가장 유명하고 훌륭한 사람은 단연코 '볼프강 아마데우스 모차르트'입니다. 58곡의 교향곡을 포함해서 관현악곡 328곡, 협주곡 55곡, 실내악 124곡 등. 웬만한 사람은 곡 제목도 다 못 외울 정도인 700곡이 넘는 명곡을 남긴 천재 모차르트. 이곳에는 그가 태어난 생가가 있습니다. 600년이 넘은 건축물이라고 합니다. 1917년 모차르트 협회가 이 집을 사들여 모차르트 박물관이 되었습니다.

기본적인 교육조차 받지 못하여 비록 세상물정에는 어두웠지만, 아름다운 음율의 세상을 마음껏 휘저으며 음악계를 주무른 이 천재 음악가는 서른여섯의 나이에 숨을 거두었고, 그 다음날 빈민 묘지에 매장되었다고 합니다. 외롭고 쓸쓸한 최후였지만 온 세상 사람이 그의 음악을 즐기고 그의 이름에 기뻐하고 고마워하고 있으니 참으로 다행스럽습니다.

## 북쪽의 로마, 잘츠부르크

잘츠부르크는 세계 대전 때 폭격으로 많이 파괴되었지만 교회와 궁전 등 많은 역사 유물과 건축물 등은 기적적으로 폭격을 면해 북쪽의 로마라고도 불리고 있는 도시입니다.

잘츠부르크의 레지덴츠 광장에는 외관이 크거나 프라하 성당처럼 화려한 모습은 아니지만 유럽에서 가장 오래된 성당이라는 성 페터 성당이 자태를 뽐내고 있습니다. 놀라울 만치 뛰어난 세공기술을 쉽사리 느낄 수 있는 섬세하고 아름다운 철문을 지나 안으로 들어가니 장엄한 내부의 모습에 놀라는 것도 잠깐, 때마침 울리는 파이프오르간 연주에 황홀한 분위기에 흠뻑 젖어 보았습니다.

"레지덴츠 광장은 성과 교회 사이에 자리하고 있습니다.

황금색 큰 공 위에 올라가 있는 사람.
'저런 장식물에 올라가면 안되는데…'
하면서 가까이 가보니 저 양반도 조형물이었습니다.
잘츠부르크 성을 올려다보며 뭔가 억울함을 호소하고 있는 듯합니다."

이 성당 뒤편에 숨어 있는 부속묘지가 너무나 인상적이니 반드시 가보라는 지인의 당부가 있었습니다. 아주 작은 쪽문으로 들어서자 무섭고, 을씨년스러운 무덤 분위기가 아닌 마치 잘 가꾸어진 정원에 온 듯합니다. 온갖 화려한 꽃들 사이로 아름다운 비석들과 묘지들이 조화롭게 자리하고 있어 이곳이 무덤인지 정원인지 착각이 들었습니다. 아마도 이런 장소에 묘지를 장만할 수 있는 사람이라면 분명히 일반인은 아닐 것입니다. 죽어서도 이런 멋진 자리를 가질 수 있다는 그런 사실은 조금 부러웠습니다. 조금입니다. 쪼금….

절벽 위에 자리잡은 잘츠부르크 성은 유럽에서 규모가 가장 큰 성이라고 합니다. 깎아지른 높은 절벽 위에 화강암으로 매우 견고하게 지어진 덕분에 지금까지 한 번도 점령당한 기록이 없다고 합니다.

도레미송이 들리는 미라벨 정원

오스트리아는 몰라도 미라벨 정원은 보았다는 사람이 많습니다. 잘츠부르크를 세계 만방에 소개시켜 준 영화 〈사운드 오브 뮤직〉의 배경이 된 바로 그 정원입니다.

나는 그 영화를 국민학교 4학년 때의 어느 날 막내 이모 손에 이끌려 처음 보았습니다. 그리고 얼마 후 학교에서 문화 교실이라는 이름의 단체 관람으로 또 보았습니다. 지금이야 유치원부터 영어유치원을 다니는 시절이지만 그때의 초등학생은 영어도 모르고, 철자도 모르고, 발음도 몰라도 아무 걱정이 없었습니다. 알아듣는 건 겨우 도레미파솔라시도였지만 영화가 끝나고 극장을 나서며 모두 도! 흥얼흥얼, 레! 중얼중얼, 미! 구시렁구시렁 대면서 집으로 돌아왔던 기억이 있습니다.

잘츠부르크는 도시 그 이름 자체만으로도 유럽 최고의 관광지임을 자랑하고 있습니다. 짧은 시간, 단편적으로 본 도시이지만 과연 알프스 자연의 아름다움과 예술과, 문화의 아름다움을 함께 지니고 있는 빛나는 찬란한 도시임이 분명했습니다.

## 빈의 혼, 성 슈테판 대성당

서울서 조카가 새로 합류했습니다. 함께 여행을 다니며, 보고, 배우고, 느끼는 즐거움도 나누고 고되고, 힘든 여정의 피로도 함께 나눌 식구가 늘어났습니다. 빈국제공항에서 바로 향한 곳은 '빈의 혼魂'이라고 불리고 있는, 이 도시의 상징 성 슈테판 성당입니다. 첨탑 끝까지 높이가 137m에 달해 가까이에서 표준 렌즈로는 화상을 다 담을 수가 없습니다. 오스트리아 최대 크기의 고딕 양식 건물입니다.

빈Vienna에서는 슈테판 성당보다 더 높은 건물을 짓는 것은 법으로 금지되어 있다고 합니다. 또한 개인이 집을 수리할 때도 시 당국의 엄격한 심사와 허가를 받아야 합니다. 동네와 도시 전체와 어우러지도록 미적 훼손은 없는지, 환경적으로는 문제가 없는지 까다로운 조건을 거쳐야 한답니다. 과연 빈은 예술의 도시입니다.

## 소세지와 '커휘', 그리고 왈츠는 필수

'빈'은 영어로 '비엔나'라고 합니다. 다들 비엔나 소세지는 많이 먹어보았을 겁니다. 비엔나에서 만들기 시작했다고 합니다. 줄줄이 비엔나 소시지를 맛있게 먹고 나면 촌스럽지만 늘 커피를 마셔야 합니다. 커피 위에 눈처럼 하얀 휘핑 크림을 듬뿍 얹은 비엔나 커피! 이 동네에서 300년 전부터 마셨다고합니다. 차가운 생크림의 부드러움과 커피와의 멋진 조화를 즐기기 위해서는 젓지 말고 천천히 음미해야 한다고합니다. 여기 와서 "비엔나 커피 주세요." 하면 촌놈입니다. 이곳에서는 "'아인슈패너 커휘'주세요."라고 해야 알아듣습니다. 커피를 안드시는 분들을 위해 비엔나가 따로 '비엔나 아이스크림'도 준비했으니 걱정마시길 바랍니다. 그런데 이름값 하느라 조금 비싼 게 흠입니다.

비엔나 왈츠. 원래 왈츠라고 하면 영국식 슬로우 왈츠를 일컬었다고합니다. 그 단조로움에 싫증난 빈의 음악가들이 더 빠르고 경쾌하게, 재미있게 변형하여 선풍적인 인기를 끌기 시작했다고 나와 있습니다. 춤 잘 추는 사람이 부럽습니다. 지금부터라도 춤을 배우고 싶어졌습니다. 제 버킷리스트에도 들어있습니다. 나는 발레나 왈츠뿐만 아니라 언감생심 사교춤도 배우고 싶습니다. 언젠가 배울 것입니다.

# 14 헝가리 ── 즐길 줄 아는 평원의 사람들

부다페스트 국회의사당

"바로 오늘이 내 인생의 가장 젊은 날입니다"

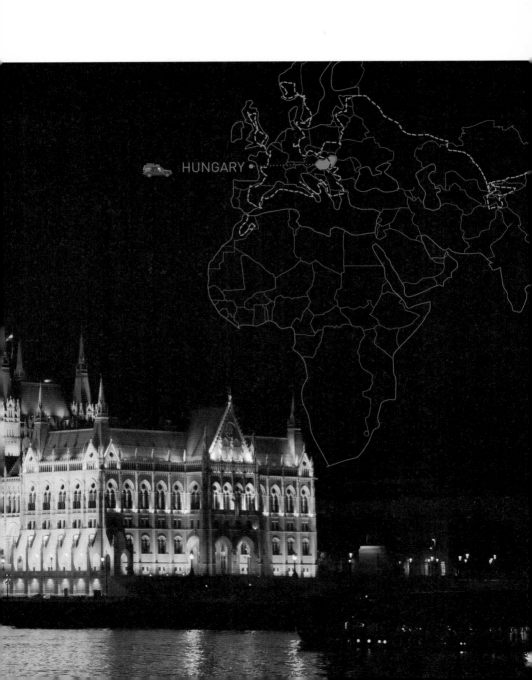

HUNGARY

# 14
# HUNGARY

_____ 헝가리에서 맞이한 뜨거운 밤

오스트리아를 떠나 헝가리로 넘어왔습니다. 역사적으로 강대국들의 틈바구니에서 늘 억압받고 끊임없이 외침을 당했지만 언제나 굳건히 나라를 지켜왔다는 대단한 자긍심을 가지고 있습니다. 이곳 역시 국경을 넘을 때 아무런 제약이나 절차 없이 언제 국경을 건너온 줄도 모르고 통과했습니다.

외곽의 숙소에 비닛을 붙인 차를 세워두고 지하철을 타고 시내로 가려고 메트로를 찾았습니다. 지금부터 파업을 시작한다며 지하철 입구를 막고 못 들어가게 합니다. 일반인들이 그렇게 말하고 있어 의아해서 지켜보니 아무도 이의를 달지 않고 순순히 돌아섭니다. 지하철 파업을 자기 가게 문 닫듯이 쉽게 합니다. 어쩔 수 없이 사람들 뒤를 따라가 버스를 타고 시내로 들어갔습니다.

1896년에는 헝가리 건국 천 년을 기념하여 이 곳 부다페스트Budapest에 14명의 헝가리 영웅들의 동상을 세웠습니다. 이 광장의 이름은 '영웅 광장'입니다. 이름의 위용에 걸맞게 엄청난 넓이의 광장입니다. 늘 좁은 땅에서 아둥바둥 살아온 나는 이런 넓은 광장만 보면 괜히 신나고 부럽습니다.

▲ 부다페스트 영웅 광장

호스트 식구들과 함께 동네의 야시장에 갔었습니다. 야시장에서 가장 인기 있는 곳은 역시 음악과 무대가 있는 주점입니다. 남녀노소 구분 없이 이곳 사람들은 모두들 얼마나 능숙하게 춤을 추는지!

아는 사람, 모르는 사람 상관없이 파트너를 바꿔가며, 마치 내일부터는 허리가 아파 더 이상 춤을 못 추게 되기라도 하는 것처럼, 별별 종목의 댄스를 전부 망라해서 밤이 깊도록 흥겹게 즐기며 춤을 춥니다. 아가씨한테도, 아줌마한테도, 심지어 발 할머니한테서도 댄스 신청을 받았습니다. 춤을 못 배운 게 이날만큼 원통한 적은 없었습니다.

## 문화유산의 도시, 부다페스트

도나우 강은 부다페스트 한가운데를 가로질러 흐르고 있습니다. 이 강을 중심으로 서쪽은 부다, 다른 쪽은 페스트였습니다. 원래는 각각 다른 도시였는데 1872년에 하나로 합쳐졌다고 합니다. 부다 왕궁은 지금은 역사 박물관과 국립 미술관으로 운용되고 있습니다. 도나우 강을 사이에 두고 부다 왕궁과 의회 건물이 마주보고 있습니다. 긴 역사와 자긍심을 가진 헝가리답게 의회 건물도 유럽에서 가장 오래되었으며 그 크기도 런던에 이어 두 번째라고 합니다. 유럽 어느 도시의 어떤 건물과 겨루어도 결코 뒤지지 않는 아름다움과 규모를 가지고 있는 대단한 건물입니다. 낮이나 밤에나 그 위용을 잃지 않아 헝가리 부다페스트의 상징이기도 합니다.

도나우의 진주로도 불리는 부다페스트는 도시 전체가 유네스코 문화유산입니다. 유네스코의 딱지가 붙었으면 당연히 오래되고 아름다운 곳입니다. 우리나라 면적에서 서울의 면적만큼을 뺀 정도의 별로 크지 않은 국토이지만 불과 천만 명 정도의 인구가 살고 있습니다. 인구는 적지만 남는 땅은 매일 관광객이 넘쳐나고 있으니, 어딜 가나 사람은 많습니다.

화려한 밤에도, 환한 낮에도 사람 냄새가 나는 곳

　부다페스트를 벗어나 헝가리 남부 지방으로 내려가면서 한적한 시골의
지방 도로를 이용했습니다. 잠시 쉬어 가기 위해 들른 시골 카페 안에는 말
린 옥수수가 걸려 있습니다. 지난 밤 들썩거렸던 야시장은 그것대로. 이런
소탈한 풍경에서도 사람 냄새가 납니다. 여행을 다니면서 내가 정말로 보고
싶은 것은 화려한 유물이나 훌륭한 유산보다 지금 사람이 살고 있는 현장입
니다. 하지만 다가가 그 속을 보는 것이 좀처럼 쉽지가 않아 늘 아쉬움이 남
습니다.

헝가리는 곳곳을 다닐수록 중앙아시아의 카자흐스탄과 너무나 닮은 나라라고 수십 번 느꼈습니다. 곧게 뻗은 도로, 지평선, 평원, 전신주. 카자흐스탄의 들판은 아무 것도 없는 황량한 들판이었지만 이곳은 옥수수와 밀, 온갖 곡물이나 야채들을 재배하고 있는 모습이 달랐습니다. 목초지도 많고 소나 양, 염소, 돼지 등의 대규모 가축사육 시설도 흔했습니다. 나중에 알아보니 국토의 약 10%가 목초지라고 합니다.

온 들판에 철 지나 시든 해바라기가 넘쳐나고 있었습니다. 조금 더 일찍 왔더라면 지평선 끝까지 해바라기가 만발한 들판을 볼 수 있었을 텐데 아쉬웠습니다. 7월의 해바라기 평원이 얼마나 장관이었을까 상상하며 그 아쉬움을 달래보았습니다.

헝가리 평원은 비교적 평지가 많은 유럽에서도 '광대한 헝가리 평원'으로 불리고 있습니다. 그 광대한 평원을 달려 루마니아로 갑니다.

# 15 루마니아 ——— 드라큘라의 전설이 쓰인 곳

"비밀스러운 방과 좁은 복도의 으시시한 성"

ROMANIA

브란성

# 15
# ROMANIA

_____ 국경을 넘자마자 과거로 시간여행

헝가리 국경에서 한 시간을 달려왔을 뿐인데 국도변의 마을 입구부터 비포장입니다. 비록 동유럽이라고 해도 엄연한 유럽 땅인데 중앙아시아처럼 낡은 마차가 짐을 싣고 다니고 나귀를 끌고 다닙니다. 아직도 도끼로 장작을 패서 난방을 합니다. 운치 있는 벽난로용 장작도 아니고 보일러용 장작입니다. 마을 지역을 벗어나 시골길로 들어서니 며칠 만에 40년 전으로 되돌아 온 기분입니다.

## 루마니아의 중심, 시비우

시비우Sibiu는 루마니아의 정중앙에 자리한 도시입니다. 당연히 교통과 교육, 문화의 중심지입니다. 루마니아를 다녀온 많은 여행자들이 망설임 없이 가장 좋았던 곳으로 손 꼽는 곳, 시비우입니다.

광장을 중심으로 박물관과 교회, 건물, 성벽 등이 도시를 아늑하게 둘러싸고 있습니다. 도보로 산보하듯이 하루만 다녀도 충분할 만큼 크지 않은 도시입니다. 언덕 위에 자리한 이 도시는 독일인의 발달된 건축 기술로 만들어진 수많은 아치형의 다리로 경사지가 연결되어 있습니다. 그 다리 아래로 냇물이 흐르는 게 아니고 사람과 차가 다니는 길이 있습니다. 다리 난간에서 내려다보아도, 교각 아래에서 올려다보아도 아주 아름답고 재미있는 도시입니다.

▲ "시골 마을 특유의 정감, 느껴지시나요?"

## 시비우의 '감시하는 눈'

이 동네 지붕들의 모양새는 참 특이합니다. 지붕의 기와부분에 흘겨보는 듯한 눈들이 두 개, 혹은 네 개씩 자리하고 있습니다. 웃음을 자아내는 모양 새지만 슬픈 역사를 가지고 있는 창문입니다. 그 옛날 이 지역을 차지한 작 센인들은 이 창문을 통하여 주민들을 몰래 감시하고, 반대하는 사람들을 색 출하여 잡아들이는 등 통치를 위한 수단으로 삼기 위해 일부러 이런 모양으로 만들었다고 합니다.

수세기 후 차우세스쿠도 저 창문을 이용하여 시민을 감시했다고 합니다. 그 시절 모든 언론과 인쇄물은 검열을 받았고, 전화는 도청되었으며, 심지의 개인의 편지도 개봉한 채 배달되기 일쑤였다고합니다. 이웃 중 누가 밀 고자인지 알 수 없어 불신풍조가 팽배했고 친인척간에도 교류를 할 수 없었 다고 숙소의 호스트가 말했습니다.

"이 도시와 아무 관계 없는 지나가는 여행자임에도
괜스레 뒤통수가 근질거려 뒤돌아 보면
어김없이 저 게슴츠레한 눈매의 창문이 나를 흘겨보고 있어
섬뜩한 기분을 지울 수가 없습니다."

## 드라큘라의 전설이 태어난 브란 성

루마니아의 명물, 그 유명한 드라큘라 성입니다. 명성에 어울리게 가파른 언덕 위에 높이 자리하고 있습니다. 드라큘라가 뾰족한 첨탑 위에서 숨어서 내가 다가오는 것을 지켜보고 있을 것 같은 기분입니다.

가장 신빙성이 있다고 여겨지는 드라큘라 이야기는 이것입니다. 사람의 피를 먹는 드라큘라는 실제 없었는데 아일랜드 소설가 브램 스토커라는 양반이 블라드 체페쉬라는 이름의 고대 루마니아 군주에게서 영감을 얻어 1897년에 '드라큘라'라는 소설을 쓰게 되었다고 합니다.

해가 저물고 땅거미가 지면 정상인에서 흡혈귀로 변하는 드라큘라. 죽도록 사랑한 남자가 피를 마셔야 사는 드라큘라. 늑대와 달. 동이 트기 전에 성으로 돌아와야만 하는 백작. 세간의 관심을 모을 수 있는 신비롭고 멋진 설정이 가득합니다. 이 성에서 영화가 촬영되었는지는 모르겠으나 외관의 색상이나 모양, 위치, 또 성 내부의 좁고 비밀스런 방과 통로 등이 드라큘라의 음침하고 으시시한 분위기와 잘 어울리는 건 사실입니다. 어쨌건 이를 잘 활용하요 루마니아의 대표 관광 상품화한 건 참 바람직스러웠습니다.

성에서 나와 수도 부쿠레슈티Bucharest의 시내로 진입하지 않고 그냥 외곽으로 벗어났습니다. 지우르지우에서부터 유럽의 많은 나라를 거치며 유유히 흘러온 도나우 강이 국경선 역할을 하고 있었습니다. 저 도나우 강을 건너면 불가리아입니다.

# 16 이탈리아 —— 예술, 그 자체

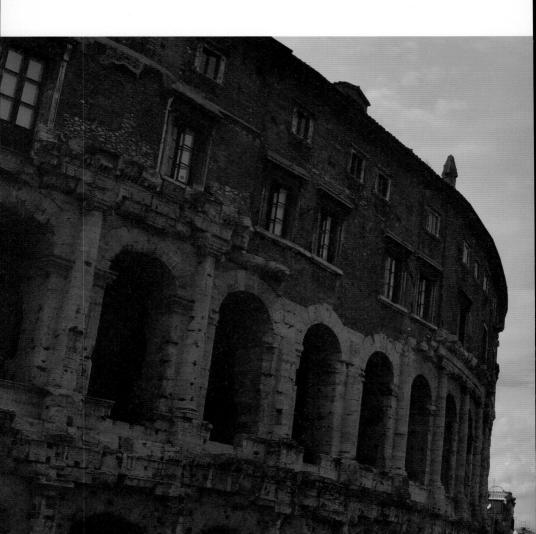

"심지어 담벼락의 낙서조차도 예술입니다"

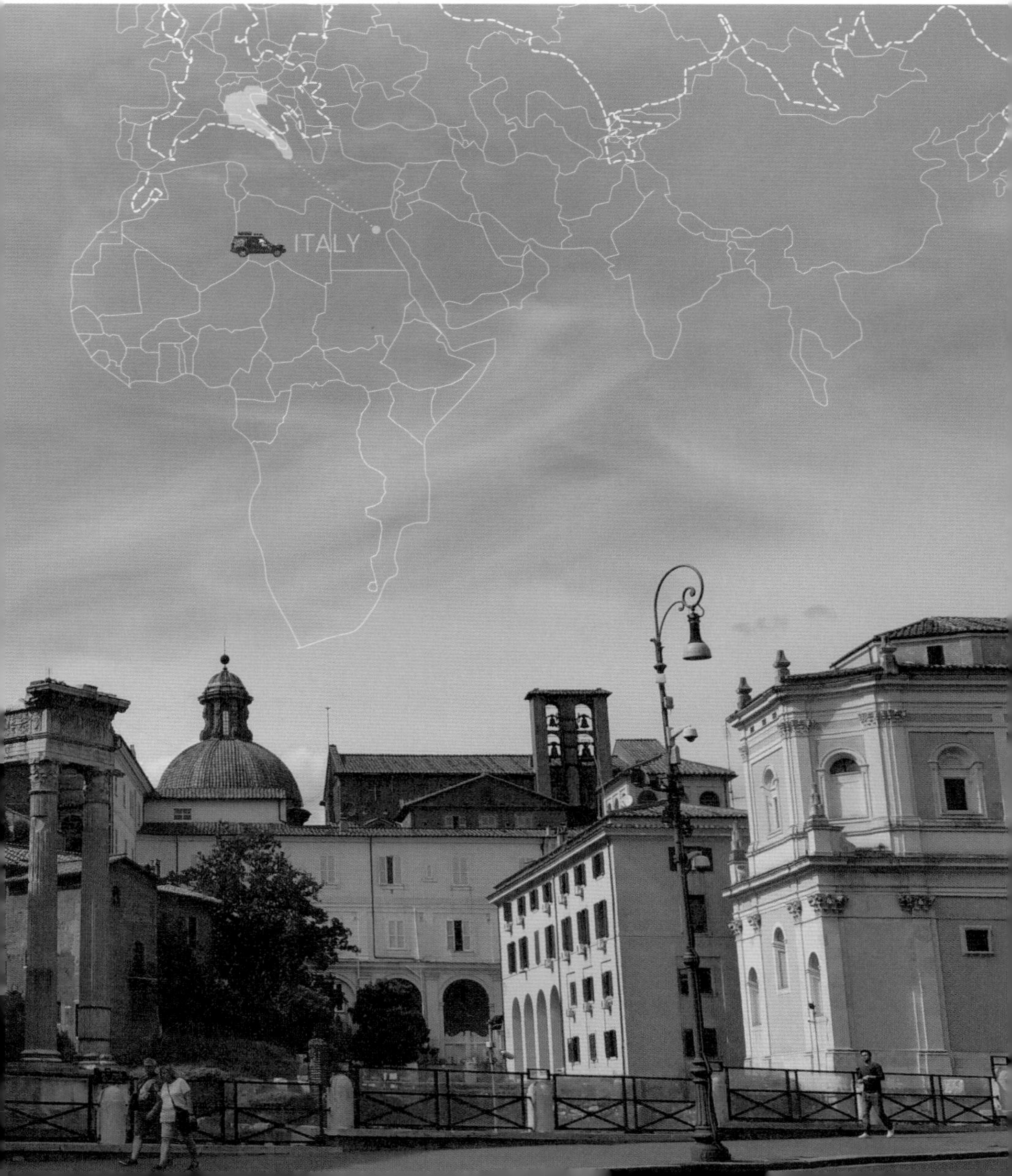

# 16
# ITALY

▲ 돌풍과 우박으로 치른 환영식. 아찔합니다.

GO!

## '예술'로 가는 멀고 험한 길

이탈리아 바리 항에 도착했습니다. 바다 건너 다른 나라에 들어왔는데 서울 지하철에서 내리는 것보다 더 심심합니다. 짐 검사, 여권 검사도 없이 그냥 배에서 내리고 항구를 빠져 나갑니다. 하다못해 지하철 출구를 지나갈 때도 카드를 대고 나가야 하는데.

아벨리노Avellino 지방의 산악 지대를 지나는데 순식간에 먹구름이 몰려오더니 천둥, 번개를 동반한 돌풍과 함께 폭우가 쏟아집니다. 갑자기 귀를 찢는 요란한 굉음이 들려오자 모두들 비명을 지르며 귀를 막고 좁은 차 바닥에 엎드립니다. 우박이 쏟아집니다. 돌풍에 아름드리 나무도 쓰러져 버렸습니다. 쓰러지는 나무가 달리는 차를 덮쳤더라면….

세상에 이게 무슨 꼴인지. 밤톨만 한 우박이 부딪히니 그대로 흠집이 생겨 버립니다. 바로 옆의 승용차 몇 대는 앞 유리창이 깨져버렸습니다. 대자연의 무서운 위력을 또 한 번 경험했습니다.

사람이 저 우박을 직격으로 맞았다면 어찌될까 생각하면 끔찍합니다. 곰보투성이가 된 차를 볼 때마다 마음이 아픕니다. 하지만 생각을 고쳐 이제부터는 훈장이라고 여기고 자랑스럽게 다니겠습니다.

너무 쉽게 이탈리아로 들어왔다 싶었는데 호되게 입국 신고식을 치루었습니다. 떨리는 내 손을 식구들이 못 보게 핸들을 꽉 부여잡고 나폴리로 향합니다.

## 설명이 필요없는 미항 나폴리

이탈리아의 대표적인 항구도시. 우리는 '나폴리'라고 하지만 영어로는 네이플스Naples라고 합니다. 지금부터 2500년 전 BC 5세기경, 그러니까 우리 고조선 시절에 만들어진 도시입니다.

흔히 세계 3대 미항의 하나라고 불리고, 로마와 밀라노에 이어 이 나라의 세 번째 도시입니다. 그러나 시가지의 도로는 무척 혼잡합니다. 게다가 노폭은 좁고, 굽은 비탈길, 일방통행길 투성이인데도 조그마한 차들이 다들 정말 잘 달립니다.

언덕에서 내려다본 나폴리 전경. 멀리 베수비오 화산이 보입니다.

## 폼페이 최후의 그날을 멀리서 바라보다

나폴리 항 쪽에서 바라보면 멀리 베수비오 화산이 보입니다. 저 산 너머에 그 유명한 폼페이가 있습니다. 1979년이 아니라 그냥 79년 8월, 베수비오 화산이 폭발하면서 폼페이 최후의 그날이 시작되었습니다. 로마 귀족들의 초호화판 휴양 향락 도시였다는 폼페이는 그렇게 화산재 아래에 묻혀 버렸다가 1,700년이 지나서야 발굴이 시작되었고 그제야 다시 햇빛을 볼 수 있게 되었습니다.

나폴리도 산비탈에 만들어진 도시입니다. 꼬불꼬불 올라가야 하는 좁은 도로는 정신 차리기 힘들 정도로 복잡하지만 즐겁고 재미난, 사람 사는 곳다운 구 시가지들이 이어집니다. 짧으면 수십 년, 길면 수백 년간 대를 이어 살아왔을 전통 가옥들이 저마다 각기 다른 모습으로 언덕의 한 부분을 차지하고 있습니다. 언덕에서 나폴리 시가지를 내려다봐도 하늘 높은 줄 모르고 치솟은 고층 빌딩은 보기가 힘듭니다. 오래되고 낡은 집들을 그대로 유지하고, 보수하여 가꿔오면서 오늘날까지도 잘 살아오고 있었습니다.

다시 꼬불꼬불 길을 내려오는데 60대의 남성이 손을 들어 차를 세웠습니다. 예전엔 선원이었는데 지금은 은퇴를 했답니다. 자신도 부산항에 몇번씩이나 가보았다며 우리 일행을 보고 반가워합니다.

이탈리아 서쪽의 지중해 연안의 해안 도로를 따라 절경을 즐기면서 북으로 올라갑니다. 모든 길은 로마로 통한다고 했으니 어떤 길을 따라가도 당연히 로마가 나옵니다.

## '왔다'보다 '입성했다'가 제격인 로마

▲ 로마 공화당. 그 압도적인 규모를 걸어다니는 사람들과 비교해 보시길.

▲ 〈로마의 휴일〉 속 '진실의 입', 알고계시나요?

명실상부 유럽 문명의 발상지인 로마Rome, 고대 로마 제국의 찬란한 문화유산을 고스란히 가지고 있는 로마. 크리스트교의 중심인 로마……. 찬란한 수식어로 가득한 그 로마에 드디어 입성했습니다.

수천 년 역사를 이어온 이 위대한 로마를 불과 며칠 다녀본 주제에 로마가 어떻고 저떻고 설명할 지식도 없고 그럴 능력도 없습니다. 그저 도시 외곽이나 변두리도 아니고, 시 중심부에 유적들이 도처에 널려 있는 이 사실만으로도 로마가 얼마나 대단한 유적지인지, 로마가 얼마나 대단한 영화를 누렸었는지 쉽게 실감할 수 있습니다.

지중해의 선물이라고 하는 이 로마에서는 공중전화조차 로마틱하게 느껴집니다. 줄 서서 차례를 기다렸던 시절도 있었고, 통화를 오래 하면 욕을 먹기도 했고 급하다고 새치기하던 사람에게 핀잔을 주던 그런 영광의 시절도 있던 공중 전화입니다. 지금은 점점 추억 속으로 빠져 들고 있는 모습이 옛날 로마 제국의 영화와 닮은 면이 있습니다.

'그리스 로마 신화' 다음으로 내가 만난 로마는 영화 〈로마의 휴일〉입니다. 아니 솔직하게 말하면 그 영화의 주인공이었던 '오드리 헵번'이 더 강렬하게 다가왔습니다.

## 과거의 위용을 짐작케하는 콜로세움

로마를 상징하는 대표적인 건물을 꼽으라면 대부분의 사람들은 콜로세움을 선택합니다. 고대 로마 유적 중 가장 크고, 가장 웅장한 경기장으로 '플라비우스 원형 경기장'이라는 정식 이름이 있지만 흔히 콜로세움이라고 부릅니다.

약 1900년 전인 서기 72년에 건축을 시작하여 8년 만에 완공되었다고 합니다. 직접 여기 와서 두 눈으로 보아도 도무지 이해가 되지 않습니다. 불도저도, 굴삭기도, 크레인도 없던 당시에 8년만의 공사로 어떻게 이렇게 대단한 시설물을 만들었는지. 세계 7대 불가사의 중 하나가 분명합니다. 지금도 지구상에는 인구수 5만이 안되는 도시들이 수없이 산재해 있는데, 2천 년 전에 5만이 넘는 관람객을 수용할 수 있는 시설물이라니. 그 당시 로마제국의 대단한 위용을 다시 한 번 짐작할 수 있습니다.

많은 사람들이 동시에 출입할 수 있도록 입구와 계단을 많이 설치해 두었고, 신분에 따라 좌석도 구분되어 있었다고 합니다. 수동식 엘리베이터에 음료수를 판매하는 매점, 식사류를 제공하는 식당까지 있었다고 하니 놀랍기 그지 없습니다.

이탈리아의 보물상자 로마, 로마의 보물상자 바티칸

이틀 동안 바티칸 내외부를 돌아보았습니다. 한국인 관광객이 유난히 많아서 괜히 으쓱해집니다. 마치 공항 검색대를 통과하듯이 소지품 검사 후에 바티칸 내부로 들어갑니다.

벽에는 미니 바둑알만 한 크기의 대리석 조각들로 모자이크한 그림이 걸려 있었습니다. 그런 방법으로 바닥도 꾸며져 있습니다. 자세히 보면 제각기 다른 크기의 조각들입니다. 대리석 바닥에 칠한 것이 아니었습니다. 제각각의 색을 가진 작은 대리석 조각들을 퍼즐 끼우듯 적절히 맞춘 것들입니다. 다들 벽화를 보고 감탄하고, 천정을 올려다보며 탄성을 지르는데 나는 바닥만 보고 있어도 황홀할 지경이었습니다. 이런 걸 생각해 내는 예술가들의 머릿속 구조는 도대체 어떻게 이루어져 있는지 정말 궁금합니다.

"시베리아 이르쿠츠크의 박물관에서
나무를 정교하게 깎아 만든 조각품들을 보고 감탄했었습니다.

바티칸이나 로마의 유적들을 보자니
그쪽은 애들 장난 수준으로 여겨집니다.

그 정도입니다. 로마의 유물과 보물들은."

"아쉬움을 가득 담고 로마를 떠났습니다.
여행에서 떠난다는 건 늘 아쉽습니다.

하지만 또 다른 만남이 기다리고 있습니다.
떠나야만 그 다른 만남을 이룰 수 있으며,
떠날 때는 즐거운 마음으로 출발하는 게 좋다는 것을
그 동안의 여행에서 익혔습니다."

GO!

성 베드로 광장

## 자동차 여행 중 기차여행 즐기기

지방도로를 타고 가파른 오르막길을 올라와 마을에 들어서려는 순간 갑자기 핸들을 잡은 손에 나쁜 감촉이 전해집니다. 계기판 가득히 경고등이 들어오더니 시동이 꺼져버렸습니다. 경적을 울려봐도, 창문을 내리고 올려봐도, 상향등, 보조등 다 문제가 없고, 시동 모터도 잘 돌아가니 배터리 쪽은 괜찮고. 남은 것은 하나, 연료 공급 문제입니다.

산골 동네에서 '차를 좀 만진다' 하는 사람들이 다 모였다가는 고개를 설레설레 흔들고 모두 흩어졌습니다. 결국 우여곡절 끝에 서비스 센터가 있는 아레초Arezzo로 실려갑니다. 60km거리입니다. 해가 저물 무렵에야 아레초에 도착했습니다.

연료 탱크 위 펌프의 모터가 맛이 가버렸습니다. 토요일은 쉬고, 일요일은 놀고. 월요일 아침에야 로마에서 모터를 배송하면 사흘이 걸린다고 합니다. 저압 펌프는 일부 국산차와도 호환이 될 텐데 이 동네에도 한국 서비스 센터는 없습니다. 있다고 해도 저 부품의 재고가 있을지도 의문이지만. 일주일이 그냥 사라지는 기가 차는 상황입니다.

차가 고장난 걸 누구를 원망합니까. 내 탓인데. 수리를 기다리는 동안 또 다른 여행을 시작합니다. 기차 여행. 기차를 타고 피렌체로 갔습니다.

컬처 쇼크, 피렌체!

　구글 지도를 아무리 확대해 봐도 피렌체Firenze를 찾을 수 없습니다. 다시 구글로 '피렌체'를 검색하니 '플로렌스'라고 나옵니다.
　이 예술의 도시는 르네상스의 발상지입니다. 이 도시에는 거의 매일 한 명 이상이 스탕달 신드롬으로 쓰러져 구급차에 실려간다고 합니다. 박물관이나 미술관에서 걸작품을 보고, 혹은 뛰어난 문학 작품을 읽고 난 후 황홀감에 빠져 정신을 잃거나 순간적으로 정신분열을 일으키는 현상을 '스탕달 신드롬'이라고 합니다. 일종의 컬처 쇼크입니다.

"이 도시에 있다보면, 스탈당 신드롬이 이해됩니다."

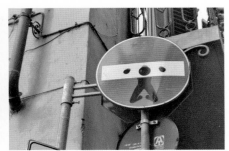

어디를 가도 무엇을 봐도,
이곳의 어떤 사람도
모두 예술입니다.
이 예술의 도시 피렌체를 느껴보시길.

패션과 예술의 도시 피렌체에 어떻게 해서
이렇게 대낮의 길거리에서 짝퉁들을 파는 사람들이 많은가
하는 것도 인류지리학적으로 연구 대상입니다.

짝퉁을 파는 노점상은 온 시가지에 널려있는데,
어째서 단속하는 사복 경찰은 둘 뿐일까 하는 점도
짝퉁 단속법상 재미있는 연구대상입니다.

저 노란 옷 입은 친구, 오늘 헛장사했습니다.

## 과거로 돌아가는 길, 아레초

아레초로 돌아와 두오모 대성당에도 들어가보았습니다. 1278년에 착공하여 1910년에 공사를 완료했다니 얼마나 사연이 많았을지 짐작이 갑니다. 내부에 이탈리아 여행 중 이곳에서 숨진 교황 그레고리 10세의 무덤이 있습니다.

안내소에서 나눠주는 관광 지도나 책자 없이 시가지 뒷골목을 그냥 걸어다녀도 볼거리는 넘쳐납니다. 십여 개나 되는 성당 등을 무시하고 가옥의 돌담을 쓰다듬으며 걷는 것도 여유롭고, 그 성벽에 동굴처럼 만들어진 상점들을 구경만 해도 행복합니다. 돌바닥에 퍼질러 누워있는 고양이와 노는 것도 즐겁습니다. 글씨를 모르지만 간판만 보고도 뭘 하는 가게인지 쉽게 알아맞히는 것도 재미있고, 벽돌을 쌓아 만든 단순한 벽면에 거칠게 마감한 벽화를 살피는 것도 흥미롭고, 길거리에 전시된 동물 조각상들을 감상하는 것도 즐겁습니다. 심지어 담벼락의 낙서도 예술스럽습니다. 중세의 도시로 되돌아온 듯한 이 작은 도시 곳곳에 작품들이 넘쳐납니다.

짧게나마 유럽을 돌아다니며 느낀 유럽의 가장 큰 특징 중 하나는 오래된 것이라고 함부로 부수거나 무시하는 법이 없다는 것입니다. 오히려 새것을 멀리하고 옛것을 곁에 두려고 부단히 노력하고 있다는 것을 쉽게 느낄 수 있었습니다.

▲ 두오모 대성당

▲ 영화 〈인생은 아름다워〉의 무대, 그란데 광장

예술의 나라를 뒤로 하고

어떤 이는 한나절이면 충분하다는 이 작은 도시 아레쪼에서 자동차를 수리하게 된 덕택에 일주일을 머물렀습니다. 이탈리아 북부, 스위스, 프랑스의 지중해 연안, 스페인, 포르투칼의 로카 곶과 리스본을 거친 후 유럽을 벗어나야 하는데…….

쉥겐조약을 어겨서 90일을 초과하여 유럽을 벗어날 때 어떤 제재조치가 있나 알아 보았습니다. 운 좋게 그냥 나간 사람도 있고, 1인당 1,000유로 이상 벌금을 물었다는 가족도 있고, 제각각입니다. 운에 맡기고 유럽을 계속 더 다니려고 하니 우리에게는 남들에게 없는 자동차가 있습니다.

GO!

　출국 시 자동차 관련 서류를 검토하면 쉽게 지적될 수 있는 훨씬 불리한
입장이라 기간 내에 유럽을 벗어나기로 결정합니다.

　남은 보름간의 코스를 잘 정하여 효율적으로 유럽을 다닌 후 비셍겐 국가
인 영국으로 건너가기로 계획을 수정합니다. 일단 시간을 절약하기 위해 배
편으로 밤을 새워 이동하기로합니다. 야간 페리를 이용하여 지중해를 가로
질러 스페인의 바르셀로나로 건너갑니다.

# 17 스페인 —— 악몽도 꿈이라면, 꿈같은

"오직 가우디, 가우디를 만나러"

사그라다 파밀리아 성당

## 17
## SPAIN

_____ 시련의 나라, 스페인!

밤을 새워 바다를 항해한 배는 다음날 아침 7시에 바르셀로나Barcelona 항에 입항합니다. 에어비앤비를 통해 예약한 숙소를 찾아 어렵게 들어간 동네에는 그런 번지가 없었습니다. 힘들게 다시 연락해 새로 고쳐 받은 주소도 틀린 주소였고, 미안하다며 다시 받은 세 번째 주소로 찾아간 건 한밤중이었지만 이것도 엉터리였습니다. 그리고는 전화 연락도 끊어지고 시간은 자정이 지나버렸습니다. 바로셀로나 외곽의 싸구려 호텔에서 스페인의 첫날밤을 보냈습니다.

다음 날, 시내 중심부에서 좀 벗어난 지하철 역 앞의 노상주차장에 차를 주차했습니다. 경찰서 맞은편 대로변이라 맘 놓고 가우디를 만나러 구엘 공원을 찾아갔습니다.

세상에! 차가 없어졌습니다. 길 건너 경찰서로 뛰어 갔습니다. 도난 신고 접수를 하고 하얗게 질려 한 시간 가량 기다리는 동안, 여기서 여행을 접고 돌아가야 하나 어쩌나 별별 생각이 들던 차에 조사실로 안내 받았습니다. 견인관리소에 차가 있다고 합니다. 오, 하나님!

266 내 차로 가는 세계 여행 1

▲ 악몽의 시작, 바르셀로나의 항구

불러준 택시로 한달음에 견인관리소로 갔습니다. 바르셀로나의 랜드마크인 아그바 빌딩의 지하층이 전부 견인 집중관리소였습니다.

운전석 뒤 승객석 유리창이 깨어져 있고 내부는 엉망진창이었습니다. 유리창을 파손하면 자동으로 문이 잠겨 외부에서는 열 수가 없는 차입니다. 뒤쪽 화물칸 문을 밖에서 열지 못하니 깨진 창으로 기어들어와 시트를 억지로 젖히고 가져갈 수 있는 만큼 가져가버린 모양입니다. 그나마 여권과 현금, 늘 쓰는 내 노트북과 카메라를 가지고 다닌 게 천만다행입니다.

손잡이가 달린 가방이란 가방은 전부 가져가버렸습니다. 앞 유리에 붙어 있던 블랙박스와 액션 캠까지 전부 뜯어가 버렸습니다. 막내의 노트북과 여행 사진을 담아둔 외장하드, 각종 카메라 부속 장비들, 여러 충전기와 충전 코드 등도 사라져 버렸습니다. 세면도구 가방, 취사도구 가방, 아이스박스, 심지어 페트병에 담아 둔 조선간장과, 김치 담글 때 쓸 젓갈까지도 들고 갔습니다.

인근 경찰서에 도난 신고를 하러 갔습니다. 차가 아니라 차 안에 있는 것들이 없어졌다고. 그러나 세 시간 정도 기다려 조서를 꾸민 것 외에는 아무 도움도 안되었습니다. 경찰이 차 유리 수선 전문점을 가르쳐주었습니다. 바르셀로나에는 물론 스페인 전역에 체인망을 갖추고 영업하고 있다고, 어떤 차종이라도 준비되어 있다고, 24시간 영업을 한다고 합니다. 대체 얼마나 이런 도둑이 많으면!

새벽이 되어서야 인근 호텔에 투숙하여 스페인에서의 두 번째 밤을 맞이했습니다. 경찰서 정문 건너편의 큰 길에 주차해 둔 차의 창을 깨고 들어와 싹쓸이해 가는데 경찰은 무얼 하고 있었는지, 우리 목숨을 싣고 함께 고생하며 여기까지 온 내 차 안을 도둑놈들이 짓밟았다는 분노로 잠을 이룰 수 없었습니다.

거의 모든 여행 전문 서적이나 여행 안내서에 이 나라에 오면 '소매치기와 도둑을 조심하라'고 반드시 적혀있는데도 당했습니다. 도중에 만난 모든 여행자들이 스페인에 가면 차털이를 조심하라고 그렇게 당부했고, 그저께 배 안에서 만난 마드리드 사람들도 한결같이 바르셀로나에 가면 조심하라고 했는데도 당했습니다.

## 꿈에 그리던 가우디, 가우디!

안토니 가우디, 나는 미술이나 건축을 전혀 모르는 문외한이지만 이 양반
과 관련한 책과 화보집은 몇 권이나 가지고 있습니다. 그만큼 나는 가우디
의 건축물과 예술품들을 좋아했고 또 보고 싶어 했습니다. 카사 바트요, 파
베욘스 구엘 별장을 꿈꿨습니다. 구엘 공원에는 낮에도, 밤에도 가볼 생각
이었습니다.

▼ 구엘 공원

스페인보다는 가우디를 만나러 간다는 기쁨에 더 설레인 게 사실입니다. 설명이 필요없는, 감탄과 감명, 감동, 감격의 연속인 가우디입니다. 가장 유명한 것은 사그라다 파밀리아 성당입니다. 성당 주위가 엄청난 인파와 공사 소음으로 어수선한 분위기였으나, 그러한 방해 속에서도 경건스러운 마음에 저절로 고개가 숙여집니다. 종교적인 경건함이 아니고 가우디에 대한 경건한 마음입니다.

"성경의 내용이 그대로 각본되어
12개의 조각 작품으로 만들어져 있습니다.
무종교자인 내가 하나씩 들여다봐도
알 만한 이야기들입니다.'

▲ 올려다본 천정의 모습. 자연 채광입니다.

W성당의 실내는 오후의 햇살이 스테인드글라스를 지나며 영롱하고 신비로운 분위기로 바뀝니다. 스테인드글라스에 새겨진 글자들의 의미를 음미해 보고는 감격에 겨워합니다. 스테인드글라스를 통과한 영롱한 빛들은 멋드러진 12각 곡면의 기둥을 더욱 환상적인 분위기로 따스하게 덮어줍니다. 기둥에 부서지는 햇살…. 그 기둥들이 떠받치고 있는 천정을 올려다보는 것은 감동이었습니다. 별도의 조명 없이 자연 채광만으로도 이토록 신비한 실내 분위기가 나오는 성당은 진정 환상이었습니다.

## 아디오스, 스페인

치가 떨리는 바르셀로나를 벗어났습니다. 오후에만 400km를 달려 스페인 최고의 지중해 휴양 도시 발렌시아에 도착했습니다. 또 400km를 달려 스페인의 정중앙에 위치한 수도 마드리드Madrid에 도착했습니다.

마드리드의 프라도 미술관은 유럽 10대 박물관 및 미술관을 꼽으면 늘 상위에 랭크되는 최고의 박물관입니다. 과거 스페인 왕가가 갖가지 방법으로 수집한 소장품들을 보관하고 전시하고 있습니다.

고야의 '옷 입은 마야', '옷 벗은 마야', 피카소의 명작 '게르니카'가 전시되어 있고, 살바도르 달리의 작품들도 많이 있는데 오늘 예약은 끝나버렸고 내일 표를 예매할 수 있다고 합니다. 과감히 포기하고 떠납니다. 만약 파리나 런던과 같은 다른 도시였다면 내 평생 언제 여기에 다시 오겠냐며 하루쯤은 더 머물렀을 겁니다. 이렇듯 미운 털이 박히면 사람의 감정은 때론 이렇게 무모하리만큼 우직스러워 지기까지합니다. 그러나 그런 감정을 느끼기 때문에 나도 인간이라고 스스로 위로해 봅니다.

마드리드로 가는 길. 석양 만큼은 달리던 차를 세울 만큼 아름답습니다.

## '초보 여행자'의 한숨

　나 역시 스쳐 지나치는 여행객의 한 사람에 불과합니다. 하지만 입국하자
마자 숙박비 사기로부터 시작하여 차량 파손 및 도난으로 많은 것을 잃었
고, 또 다음날엔 카메라를 날치기 당할 뻔 했으며, 구입한 상품이 불량품이
라 교환을 요구했으나 겉포장을 뜯었다고 거절 당하기도 했습니다. 며칠 머
무른 주제에 펼치는 '이 나라는 도둑의 나라다!'라는 단순한 주장은 지극히
주관적이라는 걸 알고 있습니다. 하지만 6개월 넘도록 30여 나라를 거쳐 여
기까지 오는 동안 단 한 번도 이런 일을 겪지 않았는데, 이 도시에 와서 종
합세트를 다 겪었습니다.

　스페인을 처음 와본 초보 여행자인 내게도 의무까지는 아니라도 책임감
은 있답니다. 아직 스페인을 못 가본 다른 여행자들이 이 나라를 찾았을 때
는 더욱 안전하고, 안심하고 관광과 여행을 즐길 수 있도록 그 기반을 만드
는 데 작은 보탬이 되어야 한다는 것이 바로 내 작은 책임감입니다. 일정에
쫓겨 다른 나라로 넘어갈 땐 늘 아쉬움이 맴돌아 뒤돌아보며 국경 지역을
넘었습니다. 스페인을 떠나 프랑스로 넘어올 때는 국경 표지판도, 국경 검
문소도 없었듯이 그런 아쉬움도 전혀 없었습니다. 벗어났다는 사실만으로
충분히 기뻤습니다.

# 18 프랑스 —— 세계의 보물창고

"그저 감탄만 할 뿐"

FRANCE

에펠탑

# 18
# FRANCE

_____ 물 가까이, 보르도

프랑스는 남쪽에서는 험준한 피레네 산맥이 북진 세력을 막아주고, 동쪽
으로는 알프스 산맥이 방어벽이 되고 위아래로는 대서양과 지중해가 있어
수비를 하기에도, 해양으로 진출하기도 좋은 천혜의 혜택을 가진 나라입니
다. 프랑스 역시 유럽의 전통 강대국답게 너른 국토를 가지고 있습니다. 스
페인보다 더 넓은 면적입니다. 우리나라의 7배 정도입니다.

아쉬움 없이 떠난 스페인의 국경을 넘어 보르도Bordeaux에 도착했습니
다. 보르도는 우리에게 포도주 이름으로 잘 알려진 도시답게 세계적인 와인
생산지입니다. 유럽의 도시로는 보기 드물게 폭이 아주 넓은 가론 강이 시
가지를 가로지르고 있습니다.

▲ '물 가까이'라는 뜻을 가진 보르도. 이름에 걸맞는 보르도 시청 앞 광장입니다.

## 이 멋진 경험을 단돈 5유로에!

하룻밤 근사한 프랑스 농촌 가옥에서 머문 후 계속 파리를 향하여 북상합니다. 보르도 지방을 벗어나 루아르에 왔습니다만 이곳에서도 대규모 포도 경작지들이 이어지고 있습니다. 들판 한가운데에 고풍스럽고 멋진 농장이 있어 무작정 길을 따라 들어가 보았습니다. 아무 정보도 없이 찾아간 농장이었는데 이렇게 좋을 때가! 입장료는 한 사람당 5유로입니다. 우리 돈으로 6천 원. 유럽에서 이런 금액은 거의 공짜 수준입니다. 어젯밤 꿈자리가 좋았나 봅니다. 5유로로 포도따기 체험과 멋진 농장 구경, 포도주 시음에 이어 뷔페식 전통 프랑스 가정요리 식사까지 가능합니다. 운수대통이란 이런 것입니다.

▲ 1950년산 자동차

거친 마감을 한 벽면에 달린, 청동으로 된 가림판을 보고 또 반합니다. 백년도 더 되었다는 거울도 예사롭지 않고 지하로 내려가는 계단 입구에 도열하듯 걸려있는 와인 보관 창고의 열쇠들도 고색창연합니다. 포도가 익으면 여러 고랑에서 조금씩 채취하여 소량의 포도주를 시험 삼아 만들어본 후 본격적으로 포도주를 담근다고 합니다. 그때 사용하는 도구들도 진열되어 있습니다. 작지만 꽤나 과학적이고 위생적인 구조인데 하나같이 백 년 전, 백오십 년 전에 만든 것들이라고 하니 실감이 나질 않습니다. 시야에 들어오는 모든 것들에서 연륜이 느껴집니다.

"갖가지 모양의 수많은 열쇠들.
열쇠에서도 연륜이 느껴집니다.
그나저나 와인 보관 창고 열쇠는 어느 것인가요?"

## 오늘만은 수박 겉핥기, 쿡스 투어!

점점 복잡해지고, 차량들로 분주해 집니다. 파리가 가까워지고 있음을 확연히 느낍니다. 토마스 쿡을 아시나요. 처음으로 단체여행, 저가여행을 만든 영국인의 이름입니다. 그의 이름을 따서 주마간산, 수박 겉핥기 식의 여행을 영어로 '쿡스 투어Cook's Tour'라고도 합니다. 유명 관광지, 유적지만 들러보고 인증사진 찍고 돌아가는 단체관광의 속어이기도합니다.

가급적 그런 여행을 지양하려고 노력합니다. 그러나 불과 90일이라는 한정된 시간에 유럽이라는, 실로 유구한 역사를 가진 이 광대한 대륙을 모두 돌아보는 것은 현실적으로 불가능합니다. 어느 도시, 어느 나라, 몇 군데, 몇 개 나라를 가 보았다고 자랑하기 보다는 나만의, 우리 만의 이야기가 있는 여행을 위하여 무척 애를 쓰고 있습니다만 물리적으로 많은 제약이 따르고 있는 것도 사실입니다.

### 프랑스의 상징, 에펠탑

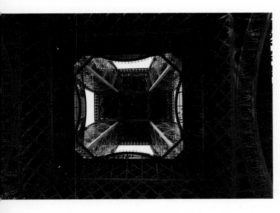

잘 만든 건축 하나가 자손만대 먹여살릴 수 있음을 보여주는 좋은 본보기입니다. 누가 만들었고, 몇 년이 걸렸고, 철강재는 몇 톤이 들어갔고, 언제 만들었고 무슨 계기로 만들었나 이런 건 몰라도 정말 훌륭한 건축물이라는 사실은 한 눈에 알 수 있습니다.

▲ 아래에서 본 에펠탑도 대단합니다.

## 코카콜라 루트

　세느강 위로 낮게 드리운 먹구름 사이로 오늘도 어김없이 해가 저물고 있었습니다. 며칠째 세느강을 중심으로 유람을 다닙니다. 이렇게 남들 다 다니는 관광지만 찾아다니는 것을 '코카콜라 루트'라고 한다고 합니다. 코크 루트이건 펩시 루트이건 상관없습니다. 시간은 짧고 갈 곳, 볼 곳은 너무나 많답니다. 이렇게라도 와서 직접 본다는 사실만으로도 여행은 충분히 즐겁습니다.

▲ 개선문. 실제로 보면 위압감을 느낄 정도의 크기입니다.

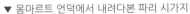

▼ 몽마르트 언덕에서 내려다본 파리 시가지

## 프랑스의 실용주의, 오르세 박물관

오르세 박물관은 파리의 철도역이었습니다. 철도 노선이 폐쇄되어 철거하려다가 박물관으로 재단장하여 1986년에 개장된 곳입니다. 지혜로운 발상의 전환입니다. 역을 개조하여 미술관으로 탈바꿈한 이 오르세 박물관은 우리 교과서에 나오는 유명 미술품들이 많이 전시되어 있는 장소입니다. 책이나 광고물에서만 접했던 예술가들과 작품들을 직접 만납니다. 나는 무종교자지만 유럽에서는 종교를 떠나서 이들의 문화와 역사를 이해하기는 무척 힘든 게 사실입니다. 거의 모든 유물과 대부분의 예술은 종교와 연관이 되어 있었습니다.

로댕의 '생각하는 사람'을 보고 내가 지옥에 와 있는 듯 내가 고통을 당하는 듯 한참을 꼼짝도 못하고 멍하니 바라보았습니다. 이런 게 일종의 스탕달 신드롬인가 봅니다.

마네의 1866년도 작품 '피리부는 소년'도 이곳에 있습니다. 피리 부는 소년의 앞에서 피리 부는 흉내를 내며 장난을 치는 우리 청춘은 어린 시절부터 피리를 불기 시작하여 20년이 지난 지금까지도 피리를 부는 공부를 하고 있는 청년입니다. 앞으로도 평생 피리만 불면서 잘 살아가기를 아비 된 입장에서 간절히 기원합니다.

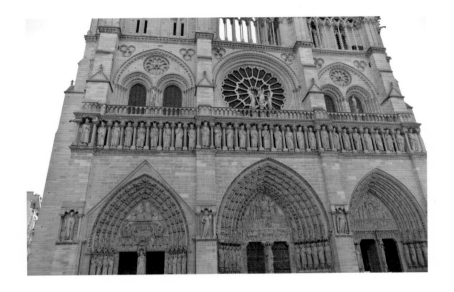

"대성당의 시대가 찾아 왔어.

이제 세상은 새로운 천년을 맞지.

하늘 끝에 닿고 싶은 인간은

유리와 돌 위에 그들의 역사를 쓰지."

뮤지컬 〈노트르담 드 파리〉의 노랫말처럼,

노토르담 성당은 '돌로 쓴 성서'로 불립니다.

사랑의 자물쇠를 넘어서

센 강의 강폭은 넓지 않습니다. 하지만 다리가 무너질 듯 많은 사랑의 자물쇠가 채워진 난간은 처음 접합니다. 그 위에다가 누군가 페인팅으로 또 예술을 표현했습니다. 역시 파리는 예술의 도시임을 실감했습니다. 그리곤 행여나 다리가 열쇠통의 무게를 못 이겨 무너질까 서둘러 건넜습니다.

파리를 벗어나는 이날은 일요일이었습니다. 토요일과 일요일에는 자동차의 도심 진입 전면 금지 제도가 시행된 그 둘째 날입니다. 그런 사실을 모르고 시 남쪽에서 점심때 출발한 우리는 복잡하고 비좁은 시내를 돌고 돌고 또 돌아서 땅거미가 질 무렵에야 겨우 파리 북쪽으로 벗어날 수 있었습니다. 오늘 중으로 숙소를 정해둔 벨기에까지 가야만 합니다.

## 키가 크신 분, 당부드립니다

몽마르트 언덕 아래 이 공원이 있습니다. '사랑한다'는 말을 전 세계 각국
의 언어로 표시하고 있는 작품입니다. 오른쪽 윗부분의 한글을 찾아보시길. 누군
가 혹시 힘 닿는 분이 계신다면 수정해 주시기를 간곡히 당부드립니다.

# 벨기에

마포구를 다니다가 용산구로 넘어오듯, 그렇게 아무렇지도 않게, 나도 모르는 사이에 프랑스에서 벨기에로 넘어왔습니다. 벨기에의 베네치아로 불리는 브뤼헤Brugge는 대서양에서 그리 멀지 않은 작은 도시입니다. 천 년 전에만 해도 대서양 연안의 의젓한 항구 도시였는데 해안에 모래가 퇴적되어 점점 내륙으로 밀려 들어온, 작지만 너무나 예쁘고 깨끗한 물의 도시입니다. 마을 구석구석에 골목처럼 운하가 흐르고 있습니다. 장난감 가게에 있는 예쁜 인형의 집처럼 그림 같은 화사한 집들이 겹겹이 늘어서 있습니다.

"동화책 속의 헨젤과 그레텔 오누이가 살았음직한"

브뤼헤

세상을 보고 싶어 너른 세상에 나왔는데,
사람이 만나고 싶어 날마다 사람을 만나는데,

허기보다 무섭다는 외로움은 깊어만 갑니다.
그보다 두렵다는 그리움도 깊어만 갑니다.

반년이 넘어가니 향수병이 시작되고 있습니다.

# 19 영국 —— 그레이트 킹덤

"영국인들이 제일 좋아하는 단어는 Great와 Royal입니다"

U.K.

# 19
# U.K.

▲ 도버 해협의 상징 백색 절벽

GO!

_____ 백색 절벽을 마주하며

도버 해협을 건너기 전에 프랑스의 칼라이스 항에서 영국 입국 절차를 진행합니다. 까다롭기로 소문난 영국 입국 심사라고 잔뜩 긴장했는데 입국 심사관은 안에 앉아서 여권과 차를 쓰윽 훑어보더니 "환영해Welcome!" 하고는 스탬프를 꽝꽝 찍어줍니다. 유럽에 들어온 지 정확히 89일만에 대륙을 벗어납니다. 영국 영해로 들어섰습니다. 잠시 눈 붙일 틈도 없습니다. 배가 대륙을 떠난 지 불과 한 시간만에, 수평선 끝에 하얀 띠처럼 영국이 등장합니다. 그 유명한 백색 절벽입니다.

영국을 한마디로 말하는 것은 간단합니다. 자존심. 이 한 단어면 영국을 충분히 표현하고도 남습니다. 유럽연합 국가이면서도 자기들만의 파운드화를 사용하고 있습니다. 유로화는 안중에도 없습니다. 하다못해 전기 코드도 자기들만의 것을 고수하고 있습니다. 유럽에서 아일랜드와 함께 두 나라만 자동차 좌측통행을 하고 있습니다. 표지판은 전부 마일Mile로 표시되어 있습니다. '리버풀 80'이라는 표지판을 보고 한 시간 정도 더 가면 되겠다고 생각하고 계속 달렸다가 낭패 본 적이 있습니다. 시골길에서 '50' 표지판을 보고 시속 50km로 달렸더니 뒷차들이 번쩍번쩍 난리가 났습니다. 추월하는 녀석들 대부분이 가운데 손가락을 세우고 지나갔습니다.

## 런던, 빙 둘러 한바퀴

런던London의 날씨는 유럽의 여러 나라와는 다릅니다. 1년 중 130일 가량 비가 내립니다. 그래서 발달한 것이 우산 산업과 버버리 코트입니다. 지금 런던은 어디를 가나 대공사 중입니다. 발길 닿는 곳마다 공사의 흔적을 엿볼 수 있었습니다. 로마나 마드리드, 파리 같은 다른 대도시와는 다르게 런던 시내 중심부에는 초현대식 세련된 건물이 고풍스러운 옛건축물과 어울려 있는 것이 인상 깊었습니다.

"런던풍의 건물과 현대식 건물을
번갈아가며 만날 수 있습니다."

▲ 세인트 폴 대성당          ▲ 런던 타워

    세인트 폴 대성당. 어마어마한 크기의 성당인데 영국에서 두 번째 크기라고합니다. 첫째는 리버풀 성당이라고 합니다. 찰스 황태자와 다이애나 비의 결혼식이 이곳에서 거행되었습니다. 조각가 헨리 무어, 넬슨 제독, 워털루 전쟁의 웰링턴 장군, 그리고 처칠 수상 등 귀에 익은 이름의 유명인들의 무덤이 이 성당 지하에 있었습니다.

    수많은 왕이 거주하던 성이었지만 비극적인 사건들이 하도 많이 일어난 곳이라 성이라고 하지 않고 '런던 타워'라고 불리는 곳이 있습니다. 알고 보면 천일야화의 배경인 무척 슬픈 런던탑입니다. 11세기, 정복자 윌리엄이 시민을 감시하기 위해 세웠습니다. 13세기경부터는 감옥으로 사용되었다고 하고 14세기에는 사형장으로 사용되었다고 합니다. 피비린내 진동하는 역사의 현장입니다.

런던하면 등장하는 흔하디 흔한 대표, 타워 브리지는 부산의 영도다리와 같은 방식입니다. 큰 배가 지나갈 수 있도록 교량의 상판을 들어 올릴 수 있는 구조입니다. 야경이 몇 배 더 멋진 곳입니다.

버킹엄 궁전은 월요일부터 금요일까지 엘리자베스 여왕이 머물며 집무를 보는 공식 관저입니다. 엘리자베스 여왕이 집무 중일 때는 왕실의 '로얄 스탠드'기가, 여왕이 부재중일 때는 영국의 '유니온'기가 게양됩니다. 오전 11시 30분부터는 근위병 교대식을 진행합니다. 일찍 가야 좋은 자리를 잡아서 구경할 수 있습니다. 물론 꽁짜입니다만 비나 눈이 내리는 날은 일찍 가도 허탕이니 아예 박물관이나 미술관으로 가는 게 좋습니다.

햄튼 코트 궁에는 특이하게도 굴뚝이 많습니다. 매일 두 번씩, 600명분의 식사를 만들던 부엌과 식당을 내부에서 직접 볼 수 있습니다. 이 엄청난 조리 규모만 보아도 헨리 8세의 영화와 무서운 권력을 느낄 수 있었습니다. 문을 통해 성 내부를 곧장 지나가면 웅장한 정원이 모습을 드러냅니다. 아름다운 이 정원에서는 매년 7월 플라워 축제가 열리고 있습니다.

며칠 동안 런던을 다녀도 귀에 익은 장소, 박물관, 미술관들은 산더미처럼 남아 있습니다. 교통비와 식대가 무척 비싸지만 대신 대부분의 입장료가 공짜이기에 그것을 감수하고 다닐만한 도시입니다.

◀ 타워 브리지

버킹엄 궁전을 지키는 근위병 ▶

햄튼 코트 궁과 정원 ▼

## 동화의 마을, 코츠월즈

영국 중남부의 유명한 관광 명소이며 휴양지로 명성이 높은 코츠월즈 Cotswolds는 한 곳의 이름이 아니고 이 도시에서부터 여러 마을을 묶어 일컫는 지명입니다. 동화의 마을이라는 별명답게 시간이 멈춘 듯 아기자기하고 고전적인 옛서민들의 건물들이 곳곳에 넘치고 있어 이를 둘러보는 재미에 피곤을 잊었습니다. 안내서에 의하면 영국인들이 죽기 전에 꼭 살아보고 싶은 곳 1위로 선정되었답니다.

## Let it be와 Yesterday, 그리고 고향생각

리버풀의 상징물의 이름은 램바나나입니다. '양 + 바나나'라는데, 꽤 인기가 있는 모양입니다. 리버풀에서는 이 동물을 찾아 다니는 투어도 있다고 합니다. 램바나나 뒤로는 리버풀 시청이 자리잡고 있습니다. 비틀즈의 고향 리버풀입니다. 무척 중후한 건물이라는 느낌을 받았습니다. 저 일대가 전부 시청 부속건물이라고 합니다.

지금 내 휴대폰에는 각각 다른 가수가 부른 16곡의 '렛잇비Let it be'와, 19곡의 '예스터데이Yesterday', 8곡의 '미쉘Michelle' 등 수많은 비틀즈의 곡들이 담겨 있습니다. 내가 십여 년 전부터 '오블라디 오블라다Ob-la-di, Ob-la-da'를 컬러링으로 쓰고 있다는 사실도 주변 사람들은 모두 알고 있을 만큼 나는 비틀즈를 좋아합니다.

그래도 요즘에는 다른 노래가 떠오릅니다. 가을을 남기고 간 사랑, 가을 편지, 가을시선, 가을비 우산 속, 가을이 오면, 고향초, 고향생각, 고향땅, 고향의 노래, 고향의 봄…. 가요는 물론, 그 흥겹고 재미나던 동요조차도 이토록 절실히 와 닿습니다. 그냥 흥얼거리고 따라부르던 그 노래에 무심코 내가 눈물 짓게 될 줄 몰랐습니다. 이제 겨울로 넘어갈 채비를 하고 있을 고향 산하가 그립습니다. 반년만에 찾아온 향수병에 몸부림치면서도 이 큰 섬나라 영국의 북쪽 스코틀랜드Scotland로 올라갑니다. 거침없이.

## 자존심, 스코틀랜드

영국 땅이지만 최근 독립 논의가 끊임없이 일고 있는 곳입니다. 영국 못 잖게 자존심이 센 이 지역 사람들은 잉글랜드의 A매치 축구경기가 있으면 아예 상대국을 응원한다고 합니다.

언덕 위에 자리 잡은 고성의 스카이라인이 빗속의 에든버러Edinburgh를 휘어감고 있었습니다. 이 지방 특유의 절제된 엄숙함과, 중세의 분위기가 잘 보존되어 있는 멋진 도시입니다. 뾰족한 첨탑을 가지고 있는 툴부스 교 회는 가장 높은 첨탑이 74m입니다. 그리고 그곳이 이 도시에서 가장 높은 지점이라고 합니다.

연간 1천만 명 이상의 관광객이 방문한다는 에든버러도 며칠째 비가 내 렸다 개기를 반복하고 있었습니다. 우울증을 앓는 사람이 많다는 이유를 알 듯 합니다.

영국인들이 제일 좋아하는 단어는 로얄Royal과 그레이트Great입니다. 이 곳에 로얄 마일이라고 이름붙은 도로가 있습니다. 성 정문에서 1마일 거리 의 구시가지 중앙로 양편에 위치한 회사들이 스코틀랜드 경제를 좌우한다 고 해서 유래한 이름이라고 합니다.

중앙의 우뚝한 첨탑은 툴부스 교회

로얄 마일

## 공학도들의 성지 에든버러 철교

　1883년에 공사를 시작하여 1890년에 완
공된 이 에든버러 철교는 당연히 그 당시
로는 세계 최고, 최대 규모의 교각이었습
니다. 규모는 둘째 치고 이런 디자인과 공
학기술이 지금으로부터 130년 전인 빅토
리아 시대에 이미 있었다는 사실이 믿기지
않습니다. 지금까지 보아온 다리와는 사뭇
다른 감각의 디자인입니다.

　공사도중에 사망한 인부가 거의 100명에
달한다는 슬픈 이야기도 전해지고 있습니
다. 하지만 완공된 지 130년을 넘긴 지금도
저렇게 멀쩡하게 기차가 다니는 걸 하늘에
서 내려다보고 있다면 그들도 덜 원통하리
라 여겨집니다.

## 골프의 성지 세인트 앤드루스

600년 전 양치기들이 심심풀이로 둥근 돌을 막대기로 치거나 굴려서 토끼굴에 집어넣으며 놀이가 골프의 시초라고 알고 있습니다. 진보를 거듭하여 룰과 매너가 만들어져 서서하는 놀이 중 가장 재미있다는 골프의 시초라고 합니다.

드디어 이곳에 왔습니다. 메이저 대회의 최고봉인 브리티시 오픈이 치루어지는 '골프의 성지' 세인트 앤드루스Saint Andrews에 왔습니다. 이 곳의 페어웨이에서 66세의 톰 왓슨과 닉 팔도가 은퇴 고별샷을 했습니다. 지난 40년간 5승을 거둔 톰 왓슨, 또 3승을 거둔 닉 팔도…. 승수가 무슨 의미가 있겠습니까. 저 억세고 질긴 러프를 두려워하지 않았던 그들의 골프 인생에 뜨거운 박수를 보냅니다.

## 괴물이 사는 호수, 네스 호

호수 속 괴물 이야기로 유명한 네스 호를 찾았습니다. 초등학교 때 소년 잡지 〈어깨동무〉의 단골 메뉴였던 그 네스 호의 괴물은 40년이 훨씬 지난 지금까지 한 번도 그 얼굴을 내민 적 없답니다. 그래도 상술은 이를 잘 이용하고 있습니다. 모양도, 색상도, 크기도 각각 다른 수많은 괴물들이 사진처럼 인쇄되어 팔리고 있습니다. 남북으로 길이가 40km가 넘는 이 넓은 네스 호에 어쩌면 저 괴물들이 모두 살고 있을지도 모른다는 생각도 해 봅니다.

네스 호 관광 안내소의 세계 지도에는 세계 각국에서 온 관광객의 출신지가 표시되고 있었습니다. 이곳에 있는 할머니 안내원은 코리아가 어디쯤인지도 정확히 모르고 있었습니다. 자기는 한국 지도에는 처음 표시해 본다고 합니다.

## 스코틀랜드의 서쪽으로

페리를 타고 하이랜드의 서쪽에 있는 몰Moll섬으로 갑니다. 이 섬에서는 매년 자동차 경주대회가 개최되고 있습니다. 전용 트랙을 달리는 드래그 시합이 아니라 약 50km에 이르는 이 섬의 일주 도로를 달리는 생생한 경주 모습을 보고 즐기러 일부러 여기까지 물 건너 먼 길을 왔습니다.

그런데 시합 중 불의의 사고로 두 명의 레이서가 유명을 달리하여 경기가 중단되었습니다. 많은 참가자들이 엄숙하게 추모식을 진행하고 있습니다. 안타깝게 세상을 떠난 고인의 명복을 빌고 돌아섭니다.

영국으로 건너와서 3주일 이상을 머물면서 꽤 많은 곳을 다녔습니다. 그래봤자 한 달도 못되는 짧은 기간이었지만 여행을 시작하고 그나마 좀 제대로 다녀본 나라라고 생각합니다. 어느 하나 놓치고 싶지 않아서 예정보다 더 오래 머물면서 지나친 곳을 다시 되돌아가기도 했습니다.

이제 아시아에 이어 두 번째 대륙인 유럽에서의 여행도 마무리할 때입니다. 세 번째 대륙으로의 이동을 앞두고 여러가지로 골머리를 앓고 있습니다.

어떤 것은 금방 잊혀질 것이고
어떤 것은 오래도록 기억 속에 남아 있겠지요.

지나온 모든 것을 기억하고 싶지만
그것은 지나친 욕심이라는 것을
이 먼 곳에서 깨닫습니다.

Start
Again

# 에필로그
____여행은 '가려고 노력' 하는 것

여행을 하는 동안 블로그에 글을 올리면서 숙소나 주차장, 식사와 맛집, 경비 문제 등의 문의가 많았었지만, 디테일한 것들은 가급적 거론하지 않았습니다. 자칫 내가 겪고 지나온 상황들이 훗날 그들의 여행 기준이 되어 버릴까봐, 그들의 소중한 여행이 내 프레임에 맞춰질까봐 일부러 언급하지 않으려고 노력했습니다. 나도 처음 얼마 동안 여행정보지에 게재된, 혹은 다른 사람들이 올린 정보만 좇고 다녔습니다. 그들이 올린 숙소를 어렵게 찾아 머물고, 그들이 먹었다는 음식을 주문하고, 숙박비와 식사비도 그들이 지불했다는 금액과 비교하게 되고….

어느 날 문득 다른 여행자의 발자취를 그대로 따라하려는 우둔한 내 자신을 발견하고 반성한 후부터 내 스타일, 우리 스타일로 우리 여행을 다닐 수 있었습니다. 당연히 한결 여유롭고 즐거운 여행이 전개되었습니다.

며칠간의 짧은 여행이든, 몇 개월이 넘는 장기 여행이든 가장 중요한 것은 정보의 활용과 시간의 안배라는 생각이 나날이 깊어지고 있습니다. 여행을 떠나겠다고 작정한 그 순간부터 여행은 시작되고, 가장 두근거리는 순간은 공항에 들어섰을 때라고 많이들 얘기합니다.

그런 기대로 시작한 여행 중 잘못된 정보로 소중한 시간을 아깝게 허비했을 때 허탈합니다. 그 허탈에 빠져 오랫동안 기대하고 준비한 여행을 망쳐버리기 일쑤입니다. 나 역시 경로를 잘못 계산하거나 정보를 몰라서 시간을 허비한 적도 많았습니다.

하지만 내 차로 다니는 여행이니 내 마음대로 다음 장소를 즉흥적으로도 결정할 수 있고, 또 그게 전화위복이 되는 운 좋은 경우도 있었습니다. 어떤 게 좋은 여행이고 잘한 여행이라는 기준은 없다고 생각합니다. 남에게 보여주기 위한 여행이 아니고 내가 가는 내 여행인지라 내가 만족하면 그게 가장 멋지고 좋은 여행이라고 생각합니다. 반년 넘게 밥 먹고 여행만 다니고 있으니 여행이라는 주제에 조금씩 할 말이 생깁니다.

늘 시간이 모자라 바쁘게 살았습니다. 그런 내가 여행을 떠난 것만 보아도 여행은 시간이 많은 사람이 가는 것이 아닙니다. 언제나 돈 나갈 일들은 줄지어 있었고 통장 잔고는 모자라기 일쑤였습니다. 그런 내가 이렇게 여행을 다니고 있습니다. 여행은 돈 많은 사람만이 가는 것이 아닙니다. 40년 동안 여행의 꿈을 내려놓지 않았습니다. 그런 내가 이젠 자신 있게 말할 수 있습니다. 여행은 가려고 노력하는 사람이 가는 것입니다.

여행을 가기 위해 무척 많은 노력을 했고, 이렇게 여행을 떠났다는 사실에 가끔씩 스스로 자만에 빠지기도 한답니다. 하지만 나는 단지 다른 사람들보다 조금 더 먼저 여행을 다니고 있을 뿐이라는 사실만큼은 결코 잊지 않도록 노력하겠습니다. 그리하여 훗날 다른 사람이 여행을 떠날 때, 내 여행의 경로와 비록 얕은 경험들일지라도 보탬이 되기를 늘 간절히 바랍니다.

아직도 여행은 끝나지 않았고, 이제 또 다른 대륙을 여행하기 시작합니다. 새로운 여행 이야기를 풀어가고 싶습니다. 되도록 많은 사람들이 공감하고 고개를 끄덕일 수 있는 여행기를 올리고 싶은 데 그건 내 능력을 벗어나는 일이라 매일 걱정이 늘어나고 있습니다.

여행을 떠나겠다고 처음 밝혔을 때 많은 분들이 대단하다, 부럽다, 멋지다, 굉장하다고 했습니다. 또 많은 분들은 무모하다, 과연 갈수 있을까, 황당하다고, 심지어 미쳤다고한 사람도 있었음을 잘 알고 있습니다. 그렇게 여행을 시작하여 여기까지 왔습니다. 이젠 도중에 그만두고 되돌아 갈 수도, 되돌아 가고 싶지도 않습니다.

열심히 부딪히며 즐기며 다니겠습니다. 그렇게 함으로써 품격 있고 보람 있는, 후회 없는 여행이 되도록 노력하겠습니다.

늘 이 모양입니다.

중간 마무리, 정리를 하려고 시작한 글이 후반 출사표 비슷한 모양새로 변해버렸습니다. 지금까지 숱하게 드러난 많은 모자란 점도 '아마추어니까' 하고 웃어 넘겨 주리라 믿습니다. 다른 대륙에서 뵙겠습니다. 고맙습니다.

## 자동차 여행 준비물

여행을 위하여 어떤 준비물을 구비하느냐는 여행 장소와 여행 목적, 여행 기간에 따라, 개인의 취향과 기호에 따라 조금씩 다릅니다. 단지 며칠간 휴식이나 힐링을 위한 캠핑과 몇 개월 동안 떠나는 자동차 여행에서의 캠핑은 전혀 다른 시각에서 준비를 해야하며 준비물의 내용도 많이 다를 수밖에 없습니다.

### 1. 텐트
'동절기 추위를 물리치는 텐트'는 없습니다.
▶ 모기장 유무 여부, 내구성과 방수성 확인
▶ 바닥용 에어 매트와 바닥 패드, 방수용 비닐 등을 반드시 지참

#### (1) 돔형 텐트
원룸 형태의 가장 흔한 텐트로 부피가 적고 가벼워 휴대성이 좋습니다. 바람에 강하고 설치와 철거가 간단한 기본형이라 오버랜더들에게 사랑을 받고 있는 텐트입니다. 자동차 여행 중에는 차에 실어두면 되어서, 유럽의 캠핑장에서도 흔히 발견할 수 있는 편!

휴대성 ★★★★★
활용성 ★★
안정성 ★★
가격　　★★★★★
한마디 "취침 외의 야외활동에는 다소 불리"

#### (2) 일체형 리빙쉘
벽과 천정으로 구성된 거주용 외부 텐트가 있고 그 내부에 침실용 이너 텐트가 따로 있는 구조입니다. 입구에 전실이 있어 비가 와도 취사가 가능하고, 탁자와 의자 등을 두는 등 다양하게 사용할 수 있는 텐트입니다.

돔형보다 가격이 비싸며 부피가 크고 무거워 설치와 철거에 시간이 소요됩니다. 늦은 시간, 어두울 때, 게다가 비라도 부슬부슬 내릴 때 이런 텐트를 쳐야 한다면 욕이 저절로…

휴대성 ★★★
활용성 ★★★★
안정성 ★★★
가격　　★★★★
한마디 "설치가 복잡하므로 '나는 전혀 욕을 할 줄 모른다'는 분에게 추천"

#### (3) 루프탑 텐트
자동차 지붕 위에 텐트를 설치하는 형태. 원래 초원에서 맹수와 해충의 침입을 방지하기 위해 고안된 방식입니다. 설치와 철수가 간단!

안으로 이물질이 들어오거나, 바닥이 울퉁불퉁하여 잠을 설칠 우려도 없습니다. 차량의 지붕 위에 펼쳐서 설치하므로 별도의 공간이 필요 없으며 개방성이 뛰어납니다.

휴대성 ★★★★★
활용성 ★★★
안정성 ★★★★★
가격 ★
한마디 "냉기로부터 해방. 그러나 차 하중에
부담을 주고 연비와 주행성에 방해"

### (4) 어닝 룸 텐트
어닝Awning은 그 늘막. 가림막입니다. 차 윗부분에 연결하여 이 어닝 을 지붕으로 삼아 육면체의 텐트를 결합 하는 형태입니다.

한 쪽 면을 차량에 붙여 설치하므로 비교적 바람에 강하고 내부의 공간을 넓게 활용할 수 있는 장점이 있습니다만 차량에 결속되어 설 치하기 때문에 텐트를 설치한 후에는 차량 이 동 불가!

휴대성 ★★★★
활용성 ★★★★
안정성 ★★★★
가격 ★★★
한마디 "한 번 설치하면 차량 이동 불가"

### 2. 야외용 식탁과 의자
캠핑장을 많이 이용할 예정이면 필수품입니 다. 수시로 이동해야 하는 자동차 여행에서는 무엇보다 간단히 설치하고, 간단히 접을 수 있

는 심플한 상품을 권합니다. 또한 한정된 트렁 크 공간을 최대한 활용해야 하는 만큼 그다지 부피가 크지 않는 제품을 선택하는 편이 유리 하다는 건 상식입니다.

### 3. 이부자리
추워서 잠을 설치는 것보다 더워서 침낭을 걷어차는 편이 훨씬 덜 불쌍해 보이고 실제로 도 건강에도 이롭습니다. 또한 배드 버그에 물 려 고생하기보다는 조금 번거럽더라도 개인 침낭에 들어가 자는 게 한결 편안하고 위생상 안심이 됩니다.
▶ 침낭은 가급적 보온성이 좋은 고급품
▶ 3계절용과 동절기용 두 가지를 모두 가 져갈 것을 추천

### 4. 옷가지와 신발
세상 어느 도시를 가도 옷가게와 식당은 널 리고 널렸습니다. 필요하면 현지에서 사 입는 것도 좋은 방법입니다. 그러나 지나치게 화려 하거나 눈에 띄는 고급 의류는 도둑에게 초청 장을 보내는 행위입니다. 남미에 와서는 가급 적 현지인처럼, 허름하게 입고 다니라는 소리 를 귀에 딱지가 앉도록 들었고, 실제로도 그렇 게 입고 다녔습니다.
▶ 여행 지역의 기후 날씨 등을 사전에 충 분히 조사할 것
▶ 사계절 옷가지를 두세 벌 씩 챙길 것을 추천
▶ 슬리퍼, 일상화, 트래킹화 모두 필수

## 5. 등짐과 가방류

식구 각자가 개인용 30리터, 40리터짜리 중형 배낭을 준비하여 다녔습니다. 배낭은 자기가 챙겨 메고, 기타 일용품을 손에 들고 가는 습관을 들여야 합니다.

현지 시내 관광을 할 경우에도 여권이나 카메라 등의 귀중품, 선글라스, 선크림 등의 잡다한 일용품 등을 넣어 다녀야 합니다 .

접어서 압축하면 부피도 적고 가벼운 질긴 쇼핑가방을 많이 챙겨갈 것을 권합니다. 얇은 프라다천으로 된 제품이 아주 편리합니다. 가급적 같은 크기, 여러 가지 색상으로 준비하여 용도에 따라 구분하여 사용하는 것이 효율적입니다.

▶ 평소에는 개인 필수 소품, 트래킹 혹은 현지 시내 관광시 활용
▶ 부피가 적고 가벼우며 질긴 쇼핑 가방을 챙겨 갈 것을 추천

## 6. 그릇과 수저

매일 한 두 번씩 만져야 하는 식기도 중요한 준비물입니다. 식기류는 차량 운행중 달그락거리는 소음의 주범이 되기도 하니 전용파우치에 챙겨 항상 묶어 다녀야 합니다.

▶ 스테인리스 재질이 무난
▶ 수저는 소음의 주범이므로 전용 파우치 준비
▶ 젓가락은 반드시 여분 지참

## 7. 압력솥

한국사람은 밥의 힘, "밥심"으로 움직입니다. 캠핑장을 이용하건, 호스텔에 머물건 대부분 여행지에서 전기 사용은 제한을 받지 않습니다.

▶ 고산지대라면 압력밥솥 필수
▶ 만능조리기, 쿠커는 바닥 면적이 넓은 것을 추천
▶ 후라이팬은 열전도 방지 처리, 바닥 코팅 처리, 손잡이 탈부착 가능 여부 확인
▶ 2명이 사용한다면 3~4인용을 추천

## 8. 버너

어떤 원료를 사용하느냐에 따라 휘발유 버너, 경유버너, 가스 버너, 겸용 버너 등이 있습니다. 가장 많이 사용되는 것은 역시 휘발유 버너와 가스 버너입니다.

| 휘발유 | 가스 |
|---|---|
| 예열 필요 | 고산 지대, 추운 날씨에 화력이 좋지 않음 |
| 시끄러울 정도의 소음 | |
| 자동 점화 장치 없음 | 연료통 규격이 제각각이라 조달 어려움 |
| 비쌈 | |

▶ 자동차로 수개월 장기간 여행을 한다면 5Kg 프로판가스를 추천. 가스통이 대용량, 세계 어디라도 쉽게 연료 보충 가능
▶ 예비 휘발유버너를 지참한다면 금상첨화

## 9. 멀티 콘센트와 전기용품

|  |  |
|---|---|
| 대한민국, 러시아, 중앙아시아<br>독일, 이탈리아, 그리스,<br>벨기에, 스웨덴, 체코,<br>덴마크, 헝가리<br>아르헨티나, 스페인 | 220V |
| 영국 | 230~240V |
| 중남미 | 제각각 |
| 멕시코 | 170V |
| 쿠바 | 110V |
| 엘살바도르 | 115V |
| 파나마, 니콰라과 | 120V |
| 미국, 캐나다 | 110~120V |

같은 전압을 사용하더라도 콘센트의 모양이 다르므로 멀티 콘센트는 필수입니다.

캠핑용 전기줄(전선 릴) 역시 망설일 필요가 전혀 없는 필수 장비입니다. 유럽의 유료 캠핑장은 대부분 전원이 공급됩니다. 하지만 콘센트까지입니다. 콘센트에서 수십 m 떨어진 자리를 배정받을 때도 있습니다. 이런 경우 연결선이 없다면 낭패를 당합니다. 50m 짜리 릴을 준비해 두면 아주 유용하게 쓸 수 있습니다. 이와 별개로 3m, 5m 정도의 짧은 3구나 4구의 멀티코드도 꼭 가져가야 합니다.

각종 램프 종류도 꼭 챙겨야 합니다. 캠핑시 텐트 실내나 주변을 밝히는 용도 외에도 자동차여행에서도 무궁무진하게 쓰입니다. 건전지식보다 USB 충전식이 편리합니다.

## 10. 카메라

소중한 내 여행 기록을 남기기 위하여, 혹은 여행을 다른 사람들에게 보여주기 위해서, 훗날 사진을 보고 추억을 즐기기 위해서라도 여행과 사진은 뗄 수 없는 관계입니다. 여행을 위한 사진인데, 사진작가도 아니면서 사진을 위한 여행으로 착각하는 사람들을 자주 볼 수 있습니다. 바로 나같은 사람입니다.

카메라와 사진의 노예가 되지 말고 여행 자체를 충분히 즐기시기를.
- ▶ 휴대폰용 USB 코드로 충전이 되는 것.
- ▶ 작고 가벼워 주머니에 쏙 들어가는 것.
- ▶ 블루투스 기능이 있는 것.
- ▶ 고급 메모리카드
- ▶ 초미니 삼각대

## 11. 차량용 냉장고

1박이나 2박 정도의 캠핑이라면 아이스박스에 음식물을 담아가면 충분합니다. 하지만 장기적으로 다녀야 하는 자동차 여행이라면 비용이 좀 들더라도 가정용 만큼의 성능을 가진 차량용 냉장고를 준비하기를 권하겠습니다.
- ▶ 늘 심한 진동에 견딜 수 있도록 튼튼한 것
- ▶ 소음이 적은 것
- ▶ 가급적 중량이 가벼운 것

## 12. 밑반찬과 비상식량

한 달 이상 장기여행을 떠나게 된다면 국내 음식은 잊는 게 좋습니다. 철저히 현지 음식을 즐기며 현지화 하겠다는 각오와 자세가 필요합니다. 라고 말은 쉽게 하지만 반 년이 지나니 우리 음식이 그리워 몸부림치기 시작했습니다. 또한 예상외로 준비해 간 비상식을 먹어야 할 때가 많이 생깁니다. 끼니 때가 훨씬 지나도록 식당이 나타나지 않아 차를 세우고 물을 끓인 적이 수없이 많았습니다. 심지어 400Km를 넘게 달리는 동안 휴게소는 커녕 인가도 없었던 지역도 있었습니다. 늦은 시간 간신히 숙소를 찾아 들어갔는데 식당은 문 닫았고, 조리시설이 없을 때 부득이 룸에서 버너를 피워 비상식량으로 때우고 잠자리에 든 적도 한 두 번이 아닙니다.

▶ 각종 장아찌, 고추장, 된장, 고춧가루, 가급적 물기가 적은 반찬류
▶ 되도록 소량으로 나누어 진공포장
▶ 라면과 군용 비상식량 추천

## 13. 예비연료통 중요도 ★★★★★

보조 연료통이라고도 합니다. 해외 자동차 여행 뿐만 아니라 국내의 자동차 여행이라도 필수입니다! 무조건 챙겨야 합니다!

길가에서, 산속에서 차를 세우고 비상급유를 한 적이 셀 수 없을 만큼 많습니다. 한 번 급유로 2,000km 쯤 달릴 수 있는 자동차라고 하더라도 예비 연료통은 항상 가득 채워 싣고 다녀야 합니다.

유럽의 모든 주유소에서는 직접 자동차에 주유를 하는 경우를 제외하고는 붉은 색상으로 된 정식 보조 연료통을 가져가지 않으면 기름을 팔지 않습니다. 유럽연합의 법으로 엄격히 규정되어 있습니다.

## 14. 내비게이션

수많은 종류의 내비게이션은 두 가지 방식으로 나누어집니다. 온라인으로 데이터를 사용하는 방식과 비 온라인 지역에서도 사용할 수 있는 GPS를 이용하는 방식입니다.

### (1) 구글앱

해외에서 가장 정확하고 빨리 구동되는 맵은 당연히 구글맵입니다. 구글의 명성에 걸맞게 최고의 데이터 베이스를 자랑합니다.

가격 무료
데이터 필요 O
한마디 오프라인 저장 기능은 있지만, 이동 거리가 짧을 때 사용 가능

### (2) 시직SYGIC

지도를 미리 다운받으면 오프라인에서도 사용 할 수 있습니다. 휴대폰에서 앱을 설치하고 제품 인증코드를 등록하면 지도를 다운받아 전세계에서 사용할 수 있습니다.

가격 유료(365일 세일 중, 제 돈 주면 호갱!)
데이터 필요 X
한마디 많이 개선되었지만 검색 기능 취약

### (3) 맵스미Maps Me

시베리아에서부터 몽골의 평원, 카작과 키르, 파미르 고원과 유럽 전역, 모로코의 사하라와 남미의 안데스 어떤 지역에서도 큰 탈 없이 잘 사용하며 왔습니다.

가장 자주, 많이 쓰이는 지명검색은 물론 호텔, 호스텔, ATM, 슈퍼마켓, 주유소 등을 찾을 때 간단히 조회가 됩니다. 경로검색, 남은 거리, 자동차 및 도보 모드 등이 기본적으로 깔려 있습니다. 다양한 경로 표시, 메모 기능들이 있어 내가 지나온 길을 기록하고 다시 볼 수 있는 기능도 크게 칭찬하고 싶습니다.

가격 무료

데이터 필요 처음 다운로드할 때 필요. 그 후에는 필요 없음

한마디 한 달에 한 번 정도 업데이트 필수!

모르는 장소에서 폰이 고장날 경우도 대비해야 합니다. 메인과 보조 두 가지를 가지고 다니며 늘 대조하면서 사용하는 것이 가장 현명합니다.

## 15. 유용한 앱

### (1) 트립 어드바이저Trip advisor

사용자들의 수많은 리뷰를 근거로 그 지역의 식당, 숙박, 주요 명소 등에 점수를 매긴 시스템. 객관성이 뛰어나 믿을 만합니다.

### (2) 아이 오버랜더I Over lander

자동차나 바이크로 세계를 다니는 여행자들이 직접 참여하여 만든 어플. 자료들이 수시로 업그레이드 되고 있어 정확성이 높습니다. 각 지역의 싸고 저렴한 숙소, 캠핑장, 병원, 자동차 정비소 등 많은 데이터들을 손쉽게 검색할 수 있습니다.

### (3) 에어 비앤비Air Bnb

호스트가 자신의 빈 집이나 빈 방을 사이트에 등록해 두고 게스트에게 대여하는 시스템.

190여 국가의 수많은 지역에서 이용할 수 있습니다. 당연히 호텔보다 저렴하고 호스텔보다 위생적이고 안전한 체계입니다. 숙소를 정하기 전 세탁기와 조리시설, 그리고 주차장 유무를 필수적으로 체크해야 합니다. 메일로 예약이 확정되고 대금결제가 되어야 정확한 위치를 알 수 있습니다.

빨랫감이 쌓였을 때, 피로도가 심할 때, 한 곳에서 이틀 이상 머물 때 주로 이용합니다. 숙소를 정하기 전 세탁기와 조리시설, 그리고 주차장 유무를 필수적으로 체크하고 있습니다. 며칠간 머물러야 할 경우에는 하루나 이틀만 사전에 예약을 하고 갑니다. 호스트를 만나서 직접 절충하여 숙박비를 지불하면 비용도 절감할 수 있고, 호스트도 좋아합니다.

호스트는 방문한 게스트의 매너 등을 평가하고 게스트는 후기로 호스트의 청결, 친절 상태 등을 평가할 수 있습니다. 다른 여행자를 위해 꼼꼼한 후기를 올려주는 수고를 아끼지 말기를 당부드립니다.

에어 비앤비를 통하면
요트에서의 근사한 경험도 가능합니다.

### (4) 나침반 앱

또하나 재미있는 앱을 소개합니다. 누구나 쉽게 다운받을 수 있는 나침반 앱입니다. GPS로 수신되기 때문에 당연히 무료이며, 데이터 사용 없이 이용 가능합니다. 현재의 정확한 방위와 위도와 경도, 고도를 알 수 있습니다. 현재의 장소에서 캡쳐해 두면 언제라도 다시 확인해서 볼 수 있습니다. 다른 사람에게 정확한 위치를 알려 주고 싶을 때는 물론 여행의 발자취를 기록하는 데도 아주 유용합니다.

### 16. 기타 용품
#### (1) 여분의 비닐과 비닐 봉투

텐트 바닥에 덧깔아 냉기를 막을 수도 있고 갖가지 상황에서 다방면으로 쓰임새가 많습니다. 국산만큼 질기고 좋은 품질의 비닐봉투를 구하기도 쉬운 일이 아닙니다.

#### (2) 파우치

손톱 깎기, 각종 충전코드, 필기구 등등 잡다한 소품들을 구별하여 담아두면 편리하게 사용할 수 있습니다.

### (3) 의약품과 기타

남미의 몇몇 국가에서는 비상의약품 상자를 갖추지 않고 운행을 하면 벌금을 매기는 경우가 있습니다. 이런 벌금이 무서워서가 아니라도 꼭 챙겨 다녀야 합니다. 내용물은 통상 대동소이합니다. 감기약, 설사약, 두통약, 소독약, 붕대 등. 고산병약은 현지에서 구하는 것이 효과가 좋다고 합니다.

바르는 모기약은 각지에서 구할 수 있으나 독특한 냄새가 나는 것이 많습니다. 향에 민감한 분은 원래 쓰던 것이나 국내에서 준비하기 바랍니다. 피우는 모기향도 구하기 힘든 지역이 많았습니다. 라이터와 성냥도 많이 챙겨가기 바랍니다. 일회용 라이터는 고산지대에서는 맥을 못쓰는 경우가 많습니다. 나가면 원터치 점화방식의 가스렌지를 만나기가 어렵습니다. 거의 손터치 점화 방식입니다. 성냥이 필수입니다.

선크림도 필수품입니다. 세계 각지에서 구할 수는 있지만 가격차가 너무 심해 의아했습니다.

고무밴드도 많이 준비해 가기 바랍니다. 시중에서 팔고 있는 노란색 고무밴드를 여러 사이즈를 가져 가기 바랍니다. 옷가지에 감아서 부피를 줄이는데도 효과적이며 텐트의 고리에 감아 소품들을 걸어두거나 물건을 묶어 둘 때 등 아주 쓰임새가 많습니다.

### (4) 기념품

조금 특별한 준비물을 얘기하고 싶습니다. 나는 악세사리를 수출하여 밥먹고 살았습니다. 가끔씩 색상이나 크기 등이 주문과 달라

반품 처리된 제품을 조금 갖고 있었습니다. 그 중 귀걸이와 목걸이, 헤어핀 등 부피가 작은 몇 가지 악세사리들을 챙겨서 떠났습니다.

세관을 통과할 때, 까탈스러운 경찰을 만났을 때, 신세를 지거나 부탁을 할 때, 과분한 대접을 받았을 때 감사의 표시로 작은 성의로 건네주었습니다. 거절하거나 마다하거나 싫어하는 사람은 단 한 명도 본 적 없었습니다. 오히려 엄청난 효과를 얻었습니다. 되도록 일찍 주는 것이 훨씬 큰 효과를 나타냈습니다.

### (5) 쌍안경
값싸고 부피가 작아도 고성능 제품들이 많습니다. 외국의 오버랜더들은 반드시 챙겨 다니는 품목입니다. 먼 풍경을 보는 것 외에도 미술관, 박물관등에서도 쓰임새가 많습니다. 특히 동물들을 볼 때 얼마나 아쉬웠는지 모릅니다.

## 17. 언어
우리 식구의 외국어 구사능력이 대단한 줄 아는 사람이 많습니다. 아주 저급한 수준의 생존 영어로 간신히 하루 하루를 위태롭게 넘기고 다녔습니다. 이런 우리도 세계여행을 다녀왔습니다. 여행 최대의 적은 언어가 아닙니다. 두려움과 소극적인 자세입니다.

하지만 머지않은 장래에 여행을 떠난다면, 조만간 여행을 떠날 계획이라면 지금부터라도 언어를 조금씩 준비하기 바랍니다. 최소한 간단한 인삿말, 숫자 등 기초 생활회화라도 미리 익혀 떠나길 추천합니다. 중앙아시아에서는 러시아어를, 아프리카에서는 프랑스어를, 중남미에서는 스페인어를 간단하게라도 구사할 수 있다면 한결 편안한 여행이 보장됩니다.

아무리 준비를 철저하게 잘하고, 많은 것을 갖추어도 여행을 떠나면 불편함을 감수해야 합니다. 고생하려고 자동차 여행을 하는 것은 아니지만 여행이 고생을 동반하는 것은 현실입니다. 그 고생을 즐거움으로 바꾸는 지혜, 즐기려고 노력하는 자세야 말로 오랜 여행을 떠나려는 자동차 여행자에게 가장 필요한 덕목이 아닐까 생각합니다.

# 추천사 ____

■ 일본에 있을 때부터 여행 출발 과정부터 블로그를 지켜봤습니다. 먼 훗날, 저도 가족과 함께 이런 자동차 여행을 꼭 해보고 싶습니다. 진정 자랑스런 한국인입니다.

– 오승환 (메이저리거)

■ "조용필이 나의 친구다"라고 하면 다들 깜짝 놀란다. 그 가수왕 말인가? 라고 되물으면서. 하지만 이 사람은 가수왕이 아니라 자유왕自由王이다. 오십대 중반의 나이에 가족을 이끌고 자동차 세계 일주를 다녀왔으니 가히 인생의 왕 아니겠는가. 어릴 적 여행가 김찬삼의 책을 닳도록 읽고 난 후, 세계 일주를 필생의 꿈으로 세운 이 남자. 돈도 시간도 모자랐다. 하지만 검은색 중고 '랜드로버 디스커버리'에 모든 것을 실었다.

나는 이 책의 저자가 여행을 출발했을 때부터 그의 팬이었다. 그는 모르겠지만, 가도 가도 끝이 없는 시베리아 들판에서 그가 지쳤을 때 멀리 북동쪽을 향해 기운을 불어 넣는 성호를 그었다. 특히 남미에서 자동차 고장으로 여행이 중단 위기에 처했을 때는 덩달아 마음이 바짝바짝 졸아드는 듯 했다.

1년 3개월의 긴 여행을 끝내고 친구가 돌아왔다. 그리고 그 동안의 땀과 눈물이 고스란히 배인 책을 내었다. 자동차 몰고 세계 일주 다녀온 여행기가 처음이 아닌 줄 안다. 하지만 이 책은 기존의 책들에 비교했을 때 생각의 깊이와 정보의 수준이 사뭇 다르다. 페이지를 열자마자 금방 끝 페이지에 이를 만큼, 흥미진진한 재미는 덤이다.

– 김동규 (동명대학교 광고홍보학과 교수)

■ 그는 쌓아 둔 돈이 넘쳐나서 이 여행에 나선 것이 아니다. 세계 여행은 철부지 중학생 시절부터 그의 꿈이었다. 그는 빚 보증 때문에 가족들을 지방에 남겨둔 채 단돈 50만 원만 지닌 채 홀로 서울로 올라왔다. 죽을 노력을 다하여 몇 년 뒤에 가족을 불렀다. 그 힘든 상황에서 옆도 돌아보지 않고 오로지 일만 하면서도 그는 꿈을 내려놓지 않았다. 50대 중반에 이른 어느 순간 그는 결심했다. "지금이 아니면 그 꿈은 이룰 수가 없다. 더 안정되길 기다려서는 영원히 기회가 안 올지도 모른다."고. 그리고 가진 것 없어도 행복하게 사는 법을 아프리카, 안데스 원주민에게 배우면 된다며 긴 여행길을 떠난다.

우리는 하고 싶은 일이 있지만 대개 현실에 쫓겨 뒤로 미루다가 결국은 못하고 만다. 그래서 그의 여행은 용기에 관한 이야기다. 이제 막 자아와 마주하기 시작한 10대도, 험난한 현실과 부딪쳐야 하는 20대도, 그리고 삶에 치여 주눅들어가는 50대도 큰 숨 한번 들이쉬고 가슴을 쫙 펴고 씩씩하게 헤쳐 나갈 수 있게 하는 용기에 관한 이야기다.

– 정기동 (변호사)


■ 최근 10년간 휴가도 제대로 떠나 본 적이 없을 정도로 회사일에 매달려 살아 온 내게, 친구가 생업을 정리하고 아들까지 휴학시켜 가족 동반으로 자동차 세계 여행을 떠나겠다고 말했을 때 큰 충격을 받았다.

고교동기 모임의 SNS에 매일 올라오는 정치, 사회 뉴스 브리핑에 대해서 가끔 달아 둔 댓글을 보면 그 핵심을 요해하고, 비판하는 시각이 남달랐던 이 친구. 그가 견문록을 썼다고 하니 친구의 도움으로 내 좁은 식견의 벽이 넓어지기를 기대하며, 많은 분들에게도 일독을 권합니다.

– 김경진 (동부건설 주식회사 대표이사)

# 러시아 모스크바 여대생들

# 이탈리아

# 노르웨이

# 프랑스

# 시베리아

# 내 차로 가는 세계 여행 1

– 유라시아를 품다

**초판 1쇄** 2016년 12월 01일
**초판 2쇄** 2016년 12월 07일

**지은이** 조용필
**펴낸이** 류종렬

**펴낸곳** 미다스북스
**총  괄** 명상완
**마케팅** 권순민
**편  집** 이다경
**디자인** 한소리

**등록** 2001년 3월 21일 제313-201-40호
**주소** 서울시 마포구 양화로 133 서교타워 711호
**전화** 02)322-7802~3
**팩스** 02)6007-1845
**블로그** http://blog.naver.com/midasbooks
**트위터** http://twitter.com/@midas_books
**이메일** midasbooks@hanmail.net

© 조용필, 미다스북스 *2016, Printed in Korea.*

ISBN 978-89-6637-482-3(04810)
        978-89-6637-481-6(04810) 세트

값 **15,800원**